Bian

UN AMOR SIN PALABRAS

Lucy Monroe

AUG -
- 2019

Editado por Harlequin Ibérica.
Una división de HarperCollins Ibérica, S.A.
Núñez de Balboa, 56
28001 Madrid

© 2018 Lucy Monroe
© 2018 Harlequin Ibérica, una división de HarperCollins Ibérica, S.A.
Un amor sin palabras, n.º 2666 - 12.12.18
Título original: Kostas's Convenient Bride
Publicada originalmente por Harlequin Enterprises, Ltd.

I.S.B.N.: 978-84-9188-990-8
Depósito legal: M-32220-2018
Impresión en CPI (Barcelona)
Fecha impresión para Argentina: 10.6.19
Distribuidor exclusivo para España: LOGISTA
Distribuidor para México: Distibuidora Intermex, S.A. de C.V.
Distribuidores para Argentina: Interior, DGP, S.A. Alvarado 2118.
Cap. Fed./Buenos Aires y Gran Buenos Aires, VACCARO HNOS.

Capítulo 1

KAYLA Jones salió de la sala de informática y corrió hacia el despacho de Andreas. Llegaba tarde para una reunión prioritaria con el presidente de KJ Software. Aunque fuera su socio. Técnicamente.

Últimamente, Andreas se portaba de una forma muy rara, malhumorado, más exigente de lo habitual.

Bradley, su competente ayudante, la detuvo con un gesto y, con un complicado lenguaje de signos, por fin le indicó que su cárdigan de color coral estaba del revés.

A toda prisa, con una sonrisa de agradecimiento, Kayla le dio la vuelta y entró en el despacho del jefazo.

—Siento llegar tarde, estaba supervisando las pruebas del programa Delfín —se disculpó. Le gustaba ponerles nombres de especies marinas a los proyectos y Andreas le permitía ese capricho.

Kayla se detuvo abruptamente al ver que no estaba solo. A su lado, frente a la mesa de juntas, había una mujer rubia de pelo liso sujeto en un estirado moño y elegante traje blanco que la miró de arriba abajo.

—¿Esta es tu socia? —le preguntó a Andreas, con tono de incredulidad.

—Sí —respondió él, frunciendo el ceño—. Te dije que esta reunión era prioritaria, Kayla.

—Técnicamente, mi *smartphone* me lo dijo. No lo hiciste tú personalmente.

¿Quién era aquella mujer y qué clase de reunión estaban manteniendo?

—Bueno, pero ya estás aquí y me imagino que podemos empezar —intervino la rubia.

Su tono era autoritario, pero su expresión cuando miró a Andreas era de deferencia.

—¿Empezar qué? —preguntó Kayla mientras se dejaba caer sobre una de las sillas, a la izquierda de Andreas, frente a la desconocida.

—Estamos aquí para discutir cómo afectará la búsqueda de una esposa para Andreas a KJ Software.

Todos los sentidos de Kayla se pusieron alerta. Escuchaba el sonido de las respiraciones en el silencioso despacho, respiraba el perfume floral de la rubia, que parecía estar fuera de lugar allí, veía las huellas de sus dedos en la mesa de cristal. Querría limpiar esas huellas y borrar la prueba de su presencia, aunque la tenía delante.

Aquello no podía ser y Andreas no la ayudaba nada. Seguía ahí sentado, inmóvil, mirándola con un brillo de desaprobación en los ojos verdes.

—¿Búsqueda de esposa? —repitió, incrédula.

Andreas por fin se dignó a asentir con la cabeza.

—Ha llegado el momento.

—¿Ah, sí?

Kayla no había notado que estuviese más abierto a una relación sentimental. Y debería haberlo notado porque llevaba seis años buscando ese cambio. De hecho, últimamente trabajaban más horas de lo habitual para lanzar Delfín a tiempo y sin el menor problema.

—He superado el patrimonio neto de mi padre, así que una esposa y una familia son lo siguiente en mi lista —dijo Andreas tranquilamente.

Como si esa decisión no fuese algo monumental, la que ella había esperado desde que rompieron para convertirse en socios.

Miró entonces a la mujer. ¿Quién era? ¿Y por qué conocía los planes de Andreas cuando ella, una amiga, no sabía nada?

Entonces se le ocurrió una idea aterradora. ¿Sería una casamentera? Sería propio de Andreas contratar a alguien para que le buscase una esposa. Aunque no la necesitase para nada.

Mientras ella había sido prácticamente casta durante los últimos años, Andreas había ido saltando de cama en cama y cada una de sus novias había sido un riesgo para sus esperanzas de futuro.

—Para eso estoy aquí —dijo la rubia, claramente encantada de tener un cliente como Andreas.

—¿Es usted una... intermediaria? —le preguntó Kayla.

—Soy la propietaria del grupo Patterson.

Parecía el nombre de un bufete de abogados, no una empresa dedicada a buscar la felicidad conyugal.

—Está especializada en millonarios —intervino Andreas, como si eso fuera importante.

—Tú eres multimillonario.

Al menos, sobre el papel. KJ Software había sido un éxito, como Andreas había augurado. La empresa, de la que él poseía un noventa y cinco por ciento, estaba valorada en más de mil millones de dólares. No estaba mal después de seis años de sangre, sudor, lágrimas y noches en vela.

La rubia asintió con expresión satisfecha, mostrando cuánto apreciaba esa distinción. Kayla sabía que ser multimillonario y no un simple millonario también era importante para Andreas. Mucho. Después de todo, por eso había tomado la decisión de sentar la cabeza. Por fin, valía más que su padre, pero aún tenía algo que demostrar.

—No seas tan literal –dijo él–. La cuestión es que la señorita Patterson...

—Genevieve, por favor –la sonrisa de la rubia era pura fachada, nada de sustancia.

—Genevieve está especializada en emparejar a hombres ricos con la esposa ideal.

Kayla estaba horrorizada y no se molestó en disimular.

—No creo que funcione así.

—Mi historial habla por sí mismo –dijo Genevieve, con tono de superioridad.

—Si no fuera así, no le habría pagado un anticipo de veinticinco mil dólares –terció Andreas.

Kayla dejó escapar un gemido.

—Por ese dinero podrías comprar una supermodelo.

O podría casarse con la mujer que lo había amado durante los últimos ocho años y que llevaba seis esperando en vano. Y gratis.

—Su jefe no está buscando una esposa trofeo. Quiere encontrar a alguien con quien compartir su vida –dijo la casamentera. Claro que esa retórica sería más convincente si hubiera protestado con la misma vehemencia cuando Andreas se refirió a encontrar una esposa como el siguiente asunto en su lista de cosas que hacer.

Además, si de verdad estuviera buscando a su alma gemela no buscaría más allá de la mujer a la que había llamado su amiga durante casi una década, ¿no?

No habían roto porque no se llevasen bien. Habían terminado su relación sexual porque Andreas tenía opiniones muy estrictas sobre las relaciones personales y profesionales. Nunca habían tenido una relación romántica, sino una relación de amigos con derecho a roce.

Kayla había pensado que eso estaba cambiando, que su relación estaba transformándose en algo más importante.

Se había equivocado.

Andreas había querido transformar su relación, pero no para convertirla en algo más profundo. Quería una diseñadora de software como piedra angular para su nueva empresa de seguridad digital y había dejado bien claro que valoraba su capacidad profesional por encima de su disposición a compartir cama.

Creía haber superado ese rechazo, pero seguía teniendo el poder de dejar su corazón reducido a cenizas.

Tenía que irse de allí.

Haciendo un esfuerzo por disimular la emoción tras la fachada de indiferencia que había perfeccionado durante toda su infancia, mientras iba de una casa de acogida a otra, le preguntó:

—¿Y qué hago yo aquí? ¿Para qué me necesitas?

—Eres mi socia —dijo Andreas, como si eso lo explicase todo.

—Un cinco por ciento no me convierte en una socia con voz y voto.

Era una vieja discusión sobre la que Andreas nunca había cedido, pero la expresión de la rubia decía que estaba de acuerdo.

Andreas frunció el ceño. No le gustaba que lo corrigiesen, pero Kayla nunca había dejado que eso la detuviera. Al menos cuando se trataba del negocio.

—Tú eres mi socia y este cambio afectará al negocio. Y, por lo tanto, a ti —dijo Andreas, en un tono que no admitía réplica.

–¿Por qué?

Evidentemente, ella no estaba incluida en el paquete de posibles candidatas y eso le dolía, pero confiaba en que él no se diera cuenta. Entonces, ¿por qué estaba tan convencido de que tendría algún impacto en su vida?

Andreas la miraba con el ceño fruncido, como diciendo que se le había pasado algo por alto. Como a él se le había pasado por alto que estaba enamorada de él desde el primer día, aunque no iba a decírselo.

–El matrimonio provoca muchos cambios en la vida de una persona y, como Andreas es el corazón y la sangre de esta compañía, es evidente que su matrimonio tendrá un impacto importante en la empresa y en empleados como usted.

Andreas torció el gesto. Tal vez porque se refería a ella como «empleada» en lugar de socia. En cualquier caso, no corrigió a Genevieve.

–Entonces, ¿vamos a salir a bolsa? –preguntó Kayla.

Andreas había pensado en ello durante el último año. Hacer eso lo convertiría en un multimillonario de verdad, no solo en patrimonio neto. Y a ella tampoco le iría nada mal. Podría fundar toda una cadena de albergues para niños abandonados en lugar de conformarse con el refugio local que había fundado años atrás.

–No –Andreas frunció el ceño–. Yo no respondo ante nadie.

Eso tampoco la sorprendía. Andreas no querría dar explicaciones a un grupo de accionistas o a un consejo de administración. Su padre, el armador griego Barnabas Georgas, había dictado las órdenes hasta que cumplió los dieciocho años y de ningún modo tolería que nadie opinase de nuevo sobre lo que podía o no podía hacer.

–Tal vez podrías vender la empresa, como hablamos en nuestra primera reunión. Eso te liberaría para poder buscar a tu pareja –sugirió Genevieve–. Tener liquidez no dañaría tus posibilidades con las mujeres. Estoy segura de que podríamos conseguirte una aristócrata europea.

Una aristócrata europea. Pero ¿no decía que no quería una esposa trofeo?

Kayla no podía respirar.

–¿Quieres que Andreas venda la empresa?

«¿Para comprar una princesa?».

–Es una solución.

–¿Una solución para qué?

Kayla no entendía el problema. Andreas tenía suficiente dinero para hacer lo que quisiera sin arrebatarle todo lo que llevaba seis años construyendo.

–No puede seguir trabajando dieciséis horas al día –dijo Genevieve–. Es parte del acuerdo que ha firmado conmigo.

–¿Has firmado un acuerdo que limita tus horas de trabajo? –le preguntó Kayla, atónita.

–Sí.

–Eso no significa que tengas que vender la empresa.

Andreas no cedería sobre ese aspecto en particular, ¿no? Podía no amarla y tal vez nunca le había importado más que como diseñadora de software, pero le importaba la empresa. No era solo ella quien encontraba seguridad económica y un propósito en KJ Software. La idea de que pudiese venderla era absurda, pero el brillo calculador de los ojos verdes hizo que

Kayla se clavase las uñas en las sudorosas palmas de las manos.

Durante el último año había mencionado alguna vez la idea de vender KJ Software, pero Kayla no se lo había tomado en serio. Andreas era la savia de la compañía, sí, pero ella era el corazón de KJ Software y no podría seguir siéndolo si su propio corazón dejaba de latir. ¿No se daba cuenta de eso?

–¿Te encuentras bien? –le preguntó Andreas, mirándola con preocupación. Kayla no sabía qué responder. Su mundo había explotado–. Hemos hecho lo que nos propusimos hacer –agregó él con tono satisfecho, como si sus palabras no estuvieran lacerando su corazón–. Sebastian Hawk me ha ofrecido una fusión con su empresa de seguridad.

–¿Una fusión o una adquisición? –le preguntó ella.

Andreas hizo una mueca al percatarse de que la noticia no era tan bienvenida como había esperado.

–Una adquisición sería lo más probable.

–¿Por qué? –le preguntó Kayla. Sebastian Hawk, propietario de una de las empresas de seguridad más importantes del mundo, era uno de sus mejores clientes desde el principio–. Él ya tiene nuestra licencia de software para su propia compañía y, de modo accesorio, para sus clientes.

–Quiere ser el propietario –dijo Andreas.

–Es un controlador compulsivo, como tú.

Él se encogió de hombros.

–Tiene tres hijos y un legado que dejarles.

–¿Y tus hijos? –le preguntó Kayla.

Presumiblemente, Andreas estaba dispuesto a casarse y tener hijos. ¿No quería dejarles un legado?

–Estoy pensando en dedicarme a inversiones de capital riesgo.

–Has estado viendo ese programa otra vez, ¿no? –le preguntó Kayla, refiriéndose a su programa favorito de televisión sobre inversores de capital riesgo que invertían en empresas emergentes. Solían verlo cuando estaban juntos y Andreas se enorgullecía de adivinar qué inversores iban a conseguir múltiples ofertas y cuáles se hundirían sin conseguir ninguna.

–Por fascinante que sea todo eso, tenemos que dar por terminada la reunión –anunció Genevieve mientras miraba su reloj de diseño–. Tengo una reunión con otro cliente.

¿De verdad? ¿Cuántos millonarios necesitaban los servicios de una casamentera?

–¿Cuántos clientes tienes? –le preguntó Kayla.

–Eso es información privilegiada –respondió ella con tono altivo.

–El anticipo que te ha pagado Andreas le da derecho a saberlo.

Genevieve se volvió hacia él.

–Tenía la impresión de que habías hecho una transferencia de tu cuenta personal.

–Por supuesto que sí –respondió él.

La celestina se volvió hacia Kayla.

–Entonces, esto no es asunto tuyo –le dijo, con tono condescendiente.

Ese tonito podría haberla irritado, pero Kayla tenía preocupaciones más importantes.

–Tienes razón, no es asunto mío –asintió, levantándose–. De hecho, sigo sin entender qué demonios hago aquí. Si vas a vender la empresa, mi minúsculo cinco por ciento no va a detenerte. Y, si quieres pagarle a esta mujer una fortuna para que te busque citas cuando yo sé que no tienes el menor problema para encontrar compañía femenina, tampoco es asunto mío

–agregó, decidida–. No me hace ninguna gracia que me apartes del trabajo cuando podrías habérmelo dicho con un mensaje de texto: *Voy a contratar a una casamentera.*

–¿Esperabas que te dijera que iba a vender la empresa a través de un mensaje de texto? –le espetó Andreas, sorprendido.

–No esperaba que vendieses la empresa en absoluto y menos que me lo dijeras en una reunión con una tercera persona –respondió ella, mirándolo a los ojos–. Pero ahora me doy cuenta de que he estado equivocada sobre muchas cosas.

Aquella reunión era sobre su decisión de casarse. Lo de vender la compañía había salido solo como parte de la conversación, pero, al parecer, había estado en su agenda desde el principio.

Kayla se dio media vuelta y salió del despacho, con el corazón encogido. Se había sentido así un par de veces en su vida.

El día que entendió que su madre no iba a volver. Se había negado a hablar durante dos años después de que la abandonase.

El día que su madre de acogida murió, obligándola a ir de casa en casa desde entonces.

El día que entendió que a Andreas le interesaban más sus habilidades como diseñadora de software que tener un sitio en su cama, o incluso una amistad.

El ayudante personal de Andreas se levantó cuando Kayla salió del despacho.

–¿Estás bien?

Ella negó con la cabeza.

–¿Qué ocurre?

–Andreas va a casarse.

Kayla no mencionó la posibilidad de que vendiese

la empresa. Después de todo, no era por eso por lo que había convocado la reunión.

–¿Con ella? –Bradley abrió los ojos como platos.

–No, con ella no. Es una intermediaria.

El joven puso una mano en su brazo.

–Lo siento.

No dijo nada más, pero no hacía falta. Aparte de Andreas, Bradley la conocía mejor que nadie. Tal vez mejor que Andreas porque desde el primer año se había dado cuenta de que estaba enamorada del distraído griego.

Capítulo 2

UN PAR de horas después, Kayla estaba perdida diseñando el código de un programa que habían desechado el año anterior como inviable cuando notó una mano en el hombro. Y supo inmediatamente a quién pertenecía.

–Estoy ocupada, Andreas.

–No estás con un programa de desarrollo ahora mismo.

–Soy la directora de Desarrollo e Investigación. Eso significa que yo elijo los programas en los que trabajo.

–¿Y en qué estás trabajando?

–En un programa con el que Sebastian Hawk ganará otros cien millones de dólares, si puedo hacer que funcione.

–Aún no hemos vendido la empresa.

Ella se volvió para mirarlo.

–No juegues conmigo, Andreas. Sé que quieres vender.

–Sí, quiero vender –asintió él, con gesto atribulado.

–¿Y cuándo pensabas decírmelo?

Kayla estaba a punto de ponerse a gritar, de preguntarle cómo era capaz de arrebatarle su trabajo y su seguridad de un solo golpe, pero no lo hizo. Para empezar, porque Andreas no lo entendería. Que estuvieran manteniendo esa conversación lo dejaba bien claro.

–Después de nuestra reunión con la señorita Patterson.

–¿Por qué me has hecho entrar en tu despacho?

–Porque ella quería hacerte algunas preguntas.

–¿Por qué?

Andreas hizo una mueca.

–Eres mi mejor amiga.

–¿Y va a entrevistar a todas tus amigas?

–No, a todas no.

–¿No sueles separar la vida personal de los negocios?

–Tú y yo trabajamos juntos, pero hemos seguido siendo amigos.

Hasta aquel día.

¿Sabría Andreas lo arrogante que sonaba o lo dolorosas que eran sus palabras? No, claro que no.

–Tan buenos amigos que no te has molestado en decirme que tenías intención de casarte y que habías contratado a una carísima celestina para que te ayudase a hacerlo. No me hablaste de ese plan y tampoco del plan de vender la empresa. Sí, somos muy amigos –le espetó, sarcástica.

–Te hablé de Genevieve –Andreas frunció el ceño, ignorando la venta de KJ Software–. Hoy.

Kayla sentía que iba a explotarle la cabeza.

–Los amigos hablan de esas cosas *antes* de hacerlas.

–¿Cómo lo sabes?

–Porque lo sé –respondió Kayla–. Sé cómo ser una buena amiga.

–¿Estás diciendo que yo no lo soy?

–Empiezo a pensar que no.

–Voy a hacer como que no he oído eso. Sé que estás disgustada por la venta de la empresa.

Qué magnánimo por su parte.

Kayla se pasó una mano por la sien, pero eso no sirvió para quitarle el dolor de cabeza.

–Bradley me lo hubiera dicho.

–Le pago bien, pero no lo suficiente como para contratar los servicios de Genevieve Patterson. No habría salido el tema –se burló Andreas.

–Él no la necesita –afirmó ella. Cuando Bradley decidiese sentar la cabeza lo haría a la antigua usanza: encontraría a alguien y se enamoraría.

–¿Eso es relevante?

Kayla apretó el lápiz táctil que usaba para tomar notas.

–¿Para ti? Probablemente no.

–Bradley no es mi amigo, es mi empleado –dijo Andreas.

–Lo sabrá enseguida, en cuanto se encuentre en el paro.

–Pienso llevarme a Bradley conmigo.

–Estupendo. Me alegro por él.

Andreas esbozó una sonrisa de ganador, la que esbozaba cuando estaba seguro de que todo iba a salir como él quería.

–Con el dinero de la venta de KJ Software podrás invertir en la nueva empresa.

–No –dijo Kayla.

–Somos un buen equipo.

–No.

Por primera vez, Andreas pareció desconcertado.

–Aún no has escuchado mi propuesta.

–No hay nada que escuchar. No estoy interesada en cambiar de carrera. Me encanta lo que hago y quiero seguir haciéndolo.

–¿Abrirías una empresa para competir con Hawk?

¿Necesito recordarte que la gestión comercial no es lo tuyo?

Ay, si fuese una mujer violenta... Andreas tendría la marca de sus cinco dedos en la cara solo para borrar esa sonrisita de satisfacción.

—Si quisiera abrir mi propia empresa de desarrollo de software buscaría otro socio, pero no veo ninguna razón para dejar esta. Sebastian Hawk respeta mi talento y sabe que, sin mí, el departamento de desarrollo de software estaría cojo.

Especialmente si se llevaba a su equipo con ella.

—Veo que tienes una gran opinión sobre ti misma.

—Tú solías tenerla también.

—Sigo teniéndola.

Ella no replicó nada. De hecho, estaba cansada de hablar, de modo que se puso los auriculares y empezó a insertar una nueva serie de códigos.

—Kayla...

—Vete, Andreas.

—Genevieve quiere hablar contigo.

—No sé para qué. Si quiere algo, puede enviarme un email. Vete.

Si lo repetía, acabaría marchándose. Todo el mundo lo hacía, incluso él.

Se quedó mucho más tiempo del que había esperado, pero unos minutos después por fin desapareció y Kayla dejó caer los hombros. En la pantalla del ordenador, diseñadas para ser visibles solo para la persona que estaba trabajando, había varias líneas de códigos. Todas decían lo mismo: *Necesito que te vayas.*

Por mucho que lo intentase, no podía concentrarse en el trabajo. Necesitaba saber qué iba a depararle el futuro cuando Andreas Kostas vendiese la empresa.

Suspirando, levantó el teléfono para reservar un vuelo a Nueva York, donde la empresa Seguridad Hawk tenía su sede central.

Andreas masculló una palabrota mientras leía el efusivo, pero inflexible, correo de Genevieve, diciéndole que debía rellenar el cuestionario de personalidad e intereses antes de su próximo encuentro.

Si Kayla no estuviera enfadada con él podría haberle pedido ayuda. Ella entendía ese tipo de cosas mucho mejor que él.

La reunión con Genevieve no podría haber ido peor y sabía que cuando se ponía obstinada no tenía sentido intentar comunicarse con ella. Kayla era incluso más testaruda que él cuando el asunto le importaba de verdad. Estaba enfadada porque había decidido vender la empresa y por haberlo sabido aquel día, delante de una desconocida.

Contarle a Genevieve sus planes de vender antes de hablarlo con Kayla había sido un error, ahora se daba cuenta. Kayla era su socia y le debía más respeto y consideración.

Además, como amiga, debería haberle contado que pensaba casarse. Pero Kayla debería haberse imaginado que ese era el siguiente paso. Ella era la única persona con la que compartía sus planes. Y los había compartido. Mucho tiempo atrás, cuando su amistad incluía sexo y no era una sociedad.

Pero no le gustaba que estuviese enfadada con él. Kayla Jones era la única persona cuya opinión le importaba de verdad.

Sí, iba a necesitar unos *éclairs* de disculpa para el desayuno. ¿O por qué no solucionarlo esa misma noche, invitándola a cenar en el restaurante vietnamita que tanto le gustaba?

Kayla no estaba en la sala de informática y no respondía al teléfono, pero él no estaba de humor para ser ignorado.

Iría a su apartamento, decidió. No era un viaje muy largo, solo unos cuantos pisos por debajo de su ático. Después de mucho discutir, había logrado convencerla para que se mudase a su edificio, lejos del peligroso barrio en el que vivía antes.

Cuarenta y cinco minutos después, le envió un mensaje de texto:

¿Dónde demonios estás?

Cuando no respondió en cinco minutos, le envió otro mensaje.

Puedo seguir así toda la noche, hasta que te quedes sin batería de tantas alertas.

Tampoco hubo respuesta, pero Andreas no amenazaba en vano, de modo que procedió a enviarle mensajes cada cinco minutos. Empezaba a preocuparse de verdad cuando su teléfono sonó cuarenta y cinco minutos y ocho mensajes después.

—¡Para ya! —le gritó Kayla, exasperada.

—¿Dónde estás?

—No tengo por qué darte explicaciones.

—Ya lo sé, pero tenemos que hablar.

—Tal vez deberías haberlo pensado antes, ¿no crees?

—Podríamos haber hablado esta tarde si no hubieras salido en tromba de mi despacho con un berrinche.

—Yo no salgo de ningún sitio en tromba y nunca tengo berrinches de ningún tipo.

Su tono era frío, sin emoción, como cuando estaba protegiéndose a sí misma. Y Andreas no quería pensar que necesitaba protegerse de él.

–Sé razonable, Kayla. Estás haciendo una montaña de un grano de arena.

–¿Un grano de arena? ¡Vas a arrebatarme mi casa porque esa alcahueta dice que tienes que hacerlo!

–No voy a quitarte tu apartamento...

–¡No te hagas el tonto! No me refiero a mi apartamento y tú lo sabes.

El grito de Kayla lo sorprendió porque ella no solía perder los nervios. Solo la había oído gritar cuando se acostaban juntos... y no siempre porque, por muy buen amante que fuera, Kayla era comedida en sus demostraciones de gozo.

Pero recordar eso no era productivo, como había aprendido después de hacerla su socia. No podía distraerse de sus objetivos y en aquel momento su objetivo era entender qué le pasaba a su mejor amiga.

–¿Kayla?

–Mañana no iré a trabajar. Voy a tomarme el día libre.

–¿Por qué?

–Tengo cosas que hacer.

–¿Qué cosas?

–¿Qué dijo tu alcahueta? Ah, sí, ya. No es asunto tuyo, Andreas.

–Déjalo ya. No sé qué te pasa...

Un pitido indicó que Kayla había cortado la comunicación. Maldita fuera. Ella debería saber que no vendería la empresa sin tener un plan para los dos.

No había esperado que estuviese interesada en una empresa de capital riesgo, pero era una diseñadora de software brillante y no solo en lo relativo a la seguridad. Kayla sería una extraordinaria consejera para cualquier compañía en la que estuviese interesado en invertir y cuando se hubiera calmado se daría cuenta.

Hasta entonces, seguramente debería enviarle unos *éclairs* de su bistró favorito por la mañana. Los compraría de camino a la oficina, decidió. O tal vez debería reorganizar su agenda para pasar un par de horas con ella.

Pero pasar tiempo con ella fuera de la oficina era una tentación contra la que tenía que luchar. La incontrolable pasión que habían compartido una vez tenía que ser contenida porque esa clase de atracción no llevaba a nada bueno. Había sido la perdición de su madre después de una ilícita aventura con su padre, un hombre casado.

Contener esa atracción debería haber sido más fácil a medida que pasaba el tiempo, pero no era así. Andreas se encontraba mirando a Kayla de un modo muy personal, muy sexual, en los momentos más inconvenientes.

Pero no podía permitir que esa debilidad dañase su amistad. Se había esforzado mucho para que el sitio de Kayla en su vida fuese más permanente que el de una simple compañera de cama.

Kayla encendió el móvil mientras salía del aeropuerto en Nueva York. Un largo pitido le indicó que tenía varios mensajes, como había esperado.

Estuvo a punto de estrellarse con una mujer que empujaba un cochecito de bebé a la velocidad del rayo y un hombre en chándal chocó con ella, empujándola contra la pared, pero Kayla no protestó, más ofuscada por la idea de tener que hablar con un desconocido que por el dolor del hombro.

Odiaba viajar sola y echaba de menos la presencia de Andreas, que siempre parecía abrirles paso. El traidor.

Cuando estaba a punto de subir a un taxi sonó el móvil. Era una llamada de Seguridad Hawk. Le había enviado un email a Sebastian la noche anterior, pero aún no había recibido respuesta.

—¿Dígame?

—¿Señorita Jones? —escuchó una voz femenina.

—Sí, soy Kayla Jones.

—Llamo de parte de Sebastian Hawk.

A Kayla se le encogió el estómago de esperanza e inquietud.

—¿Sí?

Sebastian estaba de viaje, pero tenía mucho interés en verla y estaba dispuesto a comer con ella dos días después. La secretaria le dio el nombre del restaurante y Kayla no hizo ningún esfuerzo por disimular su entusiasmo. Lo agradecía y se lo hizo saber. Al fin y al cabo, su hogar estaba en juego.

Después de cortar la comunicación miró a su alrededor, preguntándose qué iba a hacer en Nueva York durante dos días. Por el momento, decidió comprobar los mensajes. Andreas, por supuesto, la había llamado varias veces y Bradley le había dejado varios mensajes desesperados, rogándole que le salvase el cuello llamando a su jefe. Después de escucharlo no sabía si reír o llorar. Aunque ella ya no lloraba nunca. Llorar nunca cambiaba nada y le producía dolor de cabeza.

Suspirando, Kayla llamó al número privado de Andreas.

—¿Dónde demonios estás? —le espetó él con voz atronadora.

—Te dije que iba a tomarme el día libre.

—No estabas en casa esta mañana.

—¿Y qué? A lo mejor he dormido con alguien —respondió ella. No sabía por qué había dicho eso, pero

–No soy tan mezquina. Se trata de mi superviven-
cia.

Andreas no lo entendería, claro. Por duro que hubiera sido perder a su madre, por mucho que despre-
ciase al hipócrita de su padre, él siempre había tenido
una casa, una seguridad. No había sido una niña de
tres años abandonada en un bar de carretera. Él no
sabía lo que era que el mundo se hundiese bajo tus
pies, no una vez, sino dos veces antes de cumplir los
dieciocho años.

Si lo supiera, no estaría dispuesto a vender lo único
que le había dado una sensación de seguridad desde la
muerte de su madre de acogida.

–Yo no te dejaría sin recursos. ¿No te lo he demostrado?

–No, más bien me has demostrado lo contrario
–replicó ella, con un nudo en la garganta. Pero no iba
a llorar.

–No, Kayla... no se trata de eso.

–Tengo que irme, Andreas.

–¿Para hacer qué?

–A ver si te enteras, poderoso Andreas Kostas: mi
vida ya no es asunto tuyo.

–¿Por qué? ¿Qué está pasando?

–Estoy rompiendo una relación que es tóxica para
mí.

–Yo no soy tóxico, soy tu amigo.

Kayla no quería escuchar ni una palabra más porque sabía que perdería la paciencia.

–Adiós, Andreas.

Cortó la comunicación antes de que él pudiese re-
plicar. No había nada más que decir. Llevaba seis
años esperando que Andreas Kostas se diera cuenta de
que estaban hechos el uno para el otro, pero eso había

terminado. Ni siquiera eran amigos. Si lo fueran, le habría contado que estaba planeando comprar una esposa.

—¡Bradley! —gritó Andreas, al escuchar el funesto pitido. Kayla había vuelto a dejarlo con la palabra en la boca.

Su ayudante entró corriendo en el despacho.

—¿Sí?

—Consígueme un billete para Nueva York ahora mismo. Alquila un avión privado, lo que haga falta.

—Ahora mismo —asintió Bradley.

—Y sigue intentando localizar a Kayla. Descubre en qué hotel se aloja y resérvame una habitación a su lado. Me da igual que ya esté reservada, que echen al cliente.

Andreas oyó la voz de su padre saliendo de su boca y, por primera vez en su vida, el parecido con Barnabas Georgas no lo molestó.

Si tenía que portarse como un canalla arrogante para solucionar la situación, sería un canalla arrogante.

Capítulo 3

KAYLA entró en el hotel de Times Square y dejó su carné de identidad sobre el mostrador de recepción. Había reservado una habitación sencilla, sin florituras. Al contrario que a Andreas, a ella no le importaban los lujos. Solo quería una habitación en la que relajarse y alejarse de todo. Incluso pensaba apagar el móvil y echarse una siesta. Había una primera vez para todo.

La empleada de recepción tecleó su nombre en el ordenador y esbozó una sonrisa.

—Su habitación ya está disponible, señorita Jones.

—Genial.

La joven hizo una seña con la mano y enseguida apareció un botones para tomar su maleta.

—No hace falta, puedo llevarla yo.

—Deje que yo la lleve, es mi trabajo.

Kayla se encogió de hombros. Su atuendo, una falda de color coral y una camiseta gris bajo una chaqueta de color naranja, no era precisamente ostentoso y sus cómodas sandalias ni siquiera eran de marca, pero no pensaba discutir. Solo esperaba llevar suficiente dinero en efectivo en la mochila para darle una propina.

Cuando el botones la llevó a la última planta del hotel tuvo la impresión de que no la llevaba a la habitación que había reservado. Y, cuando entraron en la lujosa suite de dos habitaciones, con un enorme ramo de rosas sobre la mesa del salón, maldijo a Andreas para sus adentros.

El muy canalla había hecho que Bradley cambiase la reserva, por supuesto. El magnate griego era un maníaco del control y, sin duda, iba de camino a Nueva York para alojarse en la preciosa suite, con ella. Y le parecería absolutamente normal porque él no había estado enamorado de ella durante seis interminables años.

No debería sorprenderla porque era típico de Andreas, pero estaba sorprendida. ¿Qué creía que estaba haciendo?

Él tenía que encontrar una esposa y tenía una casamentera a la que hacer feliz. ¡Y tenía que dejar de meterse en sus asuntos!

Eso era lo más importante. Estaba allí para solucionar el resto de su vida sin Andreas Kostas. ¿Es que no se daba cuenta? Tal vez sí, pensó entonces, sintiendo un escalofrío. Tal vez Andreas no estaba tan dispuesto como ella a despedirse de su amistad.

Bueno, pues era su problema. Había tenido ocho años, incluyendo dos años de un sexo asombroso, para darse cuenta de que podían ser algo más que amigos. ¿Y qué había hecho el muy idiota? ¡Contratar a una casamentera!

Había decidido vender su hogar, el único sitio en el que se sentía segura. Bueno, pues no pensaba aguantarlo. Su relación había terminado. Ya no eran amigos.

Cuando el botones le preguntó en qué habitación debía dejar la maleta, Kayla señaló la puerta de la izquierda. Le daba igual. Aquella habitación, por ostentosa que fuese, no era más santuario que su apartamento de Pórtland. Su único santuario era su despacho en KJ Software y no pensaba perderlo.

Kayla sacó el móvil del bolso y lo tiró sobre la mesa. A la porra quedarse allí esperando a Andreas. Iba a dar una vuelta.

La primera parada sería el distrito de la moda. Ir de compras aliviaba la frustración y, por suerte, desde que empezó a trabajar en KJ Software su cuenta bancaria nunca había estado en números rojos.

Unos minutos después estaba en una pequeña boutique, probándose un vestido precioso. Era de su color favorito, el perfecto tono anaranjado, entre el naranja intenso y el coral. La tela, una seda arrugada, hacía que sus pechos pareciesen una talla más grandes.

Estaba intentando decidirse cuando oyó una voz masculina:

—Muy bonito.

Kayla se dio media vuelta y vio a un joven rubio cuyo rostro le resultaba vagamente familiar.

—Gracias, pero es muy ajustado. Creo que le falta un chaleco largo.

—¿Para esconder ese cuerpazo? No, no lo creo —dijo él, con aparente sinceridad.

Kayla puso los ojos en blanco.

—¿Estás intentando ligar conmigo?

El joven soltó una carcajada.

—He notado que nadie te prestaba la atención que te mereces.

—Me gusta ir sola de compras.

—¿Podrías decirle eso a mi hermana? Insiste en que eso no es posible.

Una chica cuyo rostro también le resultaba familiar salió de uno de los probadores.

—A ti también te gusta ir de compras.

–¿En tiendas de ropa femenina? –replicó él.

–Bueno, es verdad, no. En fin, Chantal está a punto de llegar, así que ya puedes irte. Por cierto, ese vestido te queda genial. Tienes que comprártelo.

Kayla volvió a mirarse al espejo.

–Sí, creo que sí.

El chico de los ojos azules asintió con la cabeza.

–Póntelo esta noche, cuando salgamos.

–¡Estás intentando ligar conmigo!

–Por supuesto.

Kayla soltó una carcajada. Era demasiado guapo como para decirle que no.

–Tienes que salir con él –la animó su hermana–. Todo el mundo quiere ser visto con Jacob.

–¿Por qué, es famoso?

Él se llevó una mano al corazón, dando un paso atrás como si le hubiera disparado.

–¿Es que no me reconoces?

–Me suena tu cara.

–Ah, esto es genial. La única mujer de Nueva York que no te conoce –dijo su hermana, sacando el móvil del bolso–. Ya verás cuando mis seguidores se enteren de esto.

Kayla frunció el ceño.

–Estoy empezando a pensar que me he perdido algo.

–Soy el protagonista de... –Jacob nombró una producción de Broadway–. Y la mocosa que está tuiteando es mi hermana melliza, una famosa modelo.

La joven, que era guapísima, le mostró la pantalla del móvil.

–Es verdad. ¿Lo ves? Tengo un millón de seguidores en Twitter.

–Yo soy diseñadora de software. Vivo en Pórtland y no salgo mucho –murmuró Kayla.

Jacob y su hermana soltaron una carcajada.

–Entonces, ¿dejarás que te enseñe la ciudad? –sugirió él.

Kayla no quería volver al hotel porque sabía que Andreas llegaría en cualquier momento.

–Tal vez, pero lamento decirte que aún no he terminado de comprar.

–Yo soy un buen compañero de compras –dijo Jacob, con una sonrisa encantadora–. Pregúntale a mi hermana.

–Es verdad –admitió la joven, que seguía mirando su *smartphone*.

Y así fue como Kayla se encontró pasando varias horas en la agradable compañía de una estrella de Broadway.

–¿Quieres que vayamos a tu hotel para que te cambies de ropa? –le preguntó él, solícito.

Kayla no quería encontrarse con Andreas, de modo que negó con la cabeza.

–Podríamos ir a tu casa, así nos cambiaríamos al mismo tiempo –sugirió.

–Me gusta tu forma de pensar –dijo Jacob, pasándole un brazo por los hombros.

–No te hagas ilusiones –le advirtió ella.

–Ni soñando.

Jacob vivía en un edificio antiguo, cerca del distrito de los teatros, y salió del dormitorio con una camiseta blanca y unos tejanos de diseño que marcaban estupendamente todo lo que tenían que marcar.

Kayla, por su parte, se había puesto el nuevo vestido y se había maquillado ligeramente antes de sujetar sus rizos en un moño suelto.

–Estás guapísima.

–Gracias.

Jacob puso las manos sobre sus hombros, con una intención innegable en sus ojos azules, pero un tremendo golpe en la puerta hizo que diera un salto hacia atrás.

–¡Abre la maldita puerta! –gritó Andreas desde el otro lado–. Sé que estás ahí, Kayla. Tarkent, abre ahora mismo.

¿El apellido de Jacob era Tarkent? ¿Y cómo lo sabía Andreas?

–¿Sabes quién es? –le preguntó Jacob.

–Mi jefe.

–¿Tu jefe? ¿No es tu novio?

–No, mi jefe.

–Pues parece muy enfadado.

–¡Kayla!

–¿Abro o llamo a la policía? –quiso saber Jacob.

–Yo no llamaría a la policía.

Nunca había visto a Andreas tan encolerizado y no sabía de qué sería capaz.

–¿Le tienes miedo?

–¿Miedo? –repitió Kayla, mientras se acercaba a la puerta con gesto decidido–. El día que yo tenga miedo a Andreas será el día que deje de llamarme Kayla Jones. Yo no le tengo miedo a este hombre ni a ningún otro, Jacob Tarkent.

Abrió la puerta y se plantó delante, con los brazos cruzados, fulminándolo con la mirada.

–Ah, ahí estás –dijo Andreas.

–Aquí estoy, pero la pregunta es qué demonios haces tú aquí. No recuerdo haberte invitado a esta cita.

–No puedes salir con él. ¡No lo conoces de nada!

Tenía un aspecto desaliñado, algo poco habitual en él. Se había aflojado el nudo de la corbata, iba sin afeitar y tenía el pelo enmarañado, como si se hubiera pasado los dedos por él en un gesto impaciente.

—Conozco a su hermana. He pasado el día con él y estoy sana y salva.

Andreas consiguió entrar en el apartamento.

—Vas a volver al hotel conmigo. Tenemos que hablar.

—Voy a salir con Jacob y luego, si quiero, pasaré la noche con él. Si vuelvo al hotel, a la hora que sea, podrás explicarme cómo me has encontrado.

—Seguramente te habrá encontrado por los tuits de mi hermana —intervino Jacob.

—¿Has hecho eso? —preguntó Kayla, más furiosa que nunca.

El rubor que cubrió los pómulos de Andreas era una admisión de culpabilidad.

—No pienso dejarte aquí —respondió, sin defenderse de la acusación.

Jacob se colocó al lado de Kayla y le pasó un brazo por los hombros.

—Nadie te ha invitado a venir.

Kayla querría sentir algo por el atractivo Jacob, una chispa de deseo, pero no era así. Ni siquiera se sentía cómoda del todo. Si no estuviese tan enfadada, y queriendo dejar claro que ella hacía lo que le daba la gana, se habría apartado.

Andreas apretó los dientes.

—Kayla, tenemos que hablar —insistió, con el tono y la expresión que usaba cuando intentaba ser razonable, pero estaba a punto de perder los nervios—. Lo he cancelado todo para venir a Nueva York.

—Yo he hecho lo mismo, pero en mis días de vacaciones. ¿Sabes lo que significa eso?

–No –respondió él, con los dientes apretados.

–Pues eso significa, señor empresario con traje de Armani, que Kayla no está obligada a pasar sus horas libres contigo –intervino Jacob.

–Kayla no es solo una empleada, es mi socia.

Ella soltó un bufido.

–¿Puedo evitar que vendas la empresa? –le espetó.

Andreas se puso serio.

–Es habitual que uno de los socios tenga una participación mayoritaria.

–Un noventa y cinco por ciento es más que una participación mayoritaria –replicó Kayla. Su cinco por ciento le daba cierta influencia, pero con Sebastian Hawk, no con Andreas.

–Levantamos la empresa juntos.

–Yo también creía eso. Hasta que decidiste venderla por tu cuenta.

Jacob la soltó para colocarse entre los dos.

–Por fascinante que sea esta conversación, yo solo tengo una noche libre a la semana y pienso pasarla enseñándole a Kayla la ciudad.

–Ni lo sueñes –dijo Andreas con tono helado.

–Tú no puedes decidir por ella –insistió el actor.

Por primera vez desde que entró en el apartamento, Andreas clavó en él una mirada glacial.

–Será mejor que no te metas en esto.

–¿Estás amenazándome? –le espetó Jacob, que a pesar de su menor envergadura no parecía asustado.

Andreas dio un paso adelante.

–Si me conocieras sabrías que puedo ser un enemigo muy desagradable.

Kayla puso una mano en el brazo de Jacob.

–Déjalo, habla en serio.

–No me asusta.

Kayla sonrió. Le gustaba Jacob y desearía sentir una pizca de deseo, de atracción sexual, algo por lo que mereciese la pena dar a Andreas con la puerta en las narices, pero no iba a poner en juego la carrera de Jacob solo por hacer eso.

–Lo sé, eres un tipo especial. Divertido y cariñoso con tu hermana.

–Gracias.

Andreas emitió un resoplido de disgusto, pero Kayla no le hizo caso.

–Me habría encantado salir contigo, más de lo que te puedas imaginar.

–Soy actor, tengo una gran imaginación –dijo Jacob, haciéndole un sugerente guiño.

–Seguro que sí, pero, si nos fuéramos juntos, Andreas nos seguiría y encontraría la forma de estropearnos la noche.

Y de arruinar la carrera de Jacob.

–Este tipo es un acosador –lo acusó el actor.

–Antes era mi mejor amigo.

–¿Hasta cuándo?

–Hasta ayer por la mañana, cuando me dijo que iba a vender la empresa sin contar conmigo.

Andreas volvió a resoplar, pero Kayla se negaba a mirarlo.

–Vaya, lo siento –dijo Jacob.

–Yo también. De verdad me apetecía salir contigo.

–Pero me parece que la noche no iba a terminar como yo esperaba.

No había acusación en su tono, solo cierta decepción. Kayla se encogió de hombros, pero no podía mentir.

–No, seguramente no.

–Desde luego que no –intervino Andreas, con un

detestable tono posesivo–. A ella no le van los revol-
cones de una noche.

–Mira que eres idiota –le espetó Kayla.

–¿Por qué? Decirle a Jacob que eres la mujer más
estupenda que ha tenido el honor de conocer no es
nada malo.

El actor soltó una carcajada.

–Eres un poco obtuso, ¿no?

–Soy un empresario de éxito –replicó Andreas, tan
ofendido que a Kayla le dieron ganas de reírse.

Jacob llevó a Kayla aparte y le dio un beso en los
labios digno de una pantalla de cine.

–De verdad ha sido un placer conocerte, Kayla
Jones. Si puedes escapar del loco de tu jefe, llámame.

–Lo haré.

Andreas fulminó a Jacob con la mirada mientras
tomaba las bolsas de Kayla y consiguió colocarse entre
Jacob y ella para que no pudiera volver a besarla.

–Te crees muy listo, ¿verdad? –le espetó Kayla
mientras bajaban en el ascensor.

–Porque lo soy.

–¿Quieres vender la empresa? Pues muy bien, yo
no puedo impedírtelo. ¿Quieres que la alcahueta te
busque una esposa? Estoy segura de que eso no va a
pasar mientras estés aquí. Así que ¿para qué has venido a Nueva York?

–Estoy aquí por ti –respondió él, como si fuera
obvio.

–¿Pero por qué?

Andreas no respondió. Ni en el ascensor, ni cuando
salieron a la calle, ni cuando subieron a un taxi. De
hecho, permaneció obstinadamente callado hasta que
llegaron al hotel, donde le entregó las bolsas al por-
tero, junto con una generosa propina.

—¿Dónde vamos? —le preguntó ella.

—Ibas a cenar, ¿no?

—Podríamos llamar al servicio de habitaciones.

—Tú pensabas cenar fuera.

—Pero no contigo.

—Seguimos siendo amigos, Kayla.

—Yo no estoy tan segura.

—No digas eso.

—No finjas que te importa.

—¡Pues claro que me importa!

Kayla dio un respingo, sobresaltada. Andreas no solía perder los nervios con ella, nunca.

—Hace seis años dejaste claro cuánto te importaba, pero yo estaba demasiado desesperada como para ver la realidad.

—¿Qué? ¿Por qué hablas ahora de hace seis años? —Andreas clavó en ella sus ojos verdes—. Pensé que estabas enfadada por la reunión de ayer.

Kayla podía sentir las lágrimas asomando a sus ojos.

—Es parte de lo mismo, ¿no? Para ti, yo nunca he sido más que un medio para conseguir un fin. Lo que no entiendo es por qué estás aquí, por qué has ido a buscarme al apartamento de Jacob, por qué has tenido que fastidiar mi cita con él. No sabía que fueras tan mezquino.

—¿Mezquino? —rugió Andreas—. La única razón por la que ese playboy sigue teniendo un papel en Broadway es porque intentó proteger a una mujer que me importa mucho.

—No te importo. Nunca te he importado.

De eso, Kayla estaba absolutamente segura. Solo había sido una pieza del puzle que Andreas necesitaba para levantar su negocio. El cerebro tras el software

que haría realidad su sueño de darle en las narices a
Barnabas Georgas y demostrar que Andreas Kostas no
necesitaba ni el dinero de su padre ni su apellido,
nada de la familia que tanto daño le había hecho.

–¡Dé la vuelta! –le ordenó Andreas al taxista, vibrando de rabia.

–¿Cómo que dé la vuelta? –protestó el hombre–.
Esta es una calle de una sola dirección, amigo.

–Pues llévenos de vuelta al hotel –dijo Andreas
entonces.

Kayla se cruzó de brazos.

–Pensé que íbamos a cenar.

–No vamos a mantener esta conversación delante
de un montón de desconocidos –replicó Andreas. Estaba enfadado y su silencio durante el viaje de vuelta
al hotel bullía de resentimiento.

Kayla temía que, después de ese día, la única persona a la que podía considerar su familia no fuera más
que un recuerdo. Pero si tenía razón, si su sitio en la
vida de Andreas era el que ella creía, el que había sido
durante seis años, había estado engañándose a sí
misma durante todo ese tiempo.

Capítulo 4

ANDREAS no había perdido los nervios de ese modo desde que su padre apareció un día exigiendo que fuese a Grecia con él, obligándolo a usar el apellido Georgas y fingiendo que le importaba que llevasen la misma sangre.

Él odiaba ser un Georgas, odiaba vivir en una mansión que parecía un mausoleo. Reconocido formalmente como heredero del imperio del armador, Andreas había sido entrenado para ser como su padre, pero él no quería saber nada del hombre que tan cruelmente había abandonado a la mujer que lo amó con todo su corazón.

Melia Kostas había sido una madre asombrosa, a pesar de su corazón roto y del rechazo de su familia, pero había fallecido cuando él tenía diez años, dejando la puerta abierta para Barnabas, el canalla. Esa fue la única vez en su vida que Andreas se había sentido impotente, a merced de otra persona.

Y en ese momento sentía lo mismo. No había tenido tanto miedo desde que su padre lo metió a empujones en un avión privado para llevarlo a Grecia contra su voluntad. Que Kayla se hubiera ido de Pórtland sin decirle nada lo había dejado paralizado. Eran un equipo. ¿Por qué no se daba cuenta?

El beso que le había dado el actor había hecho que

lo viese todo rojo. Ella se merecía algo mejor. Kayla Jones se merecía lo mejor de lo mejor y cuando hubiese encontrado una esposa contrataría de nuevo a Genevieve y le pediría que buscase un príncipe azul para Kayla. Un hombre que la cuidase como ella se merecía, alguien que apreciase la rara joya que era, no un actor neoyorquino que solo quería añadir otra muesca al cabecero de su cama.

Andreas se movió en el asiento, inquieto, intentando contener el deseo de exigirle que le explicase qué había querido decir con eso de que seis años antes le había dejado claro cuánto le importaba. No iba a hacerlo en un restaurante lleno de desconocidos.

Cuando llegaron al hotel, esperó en la acera a que Kayla saliera del taxi. Ella se paró un momento, tirando del bajo del vestido. Un vestido muy sexi que abrazaba sus curvas y le recordaba que ninguna mujer podía compararse con ella desde el día que la vio en el patio de la universidad.

–¿Entramos? –sugirió, intentando apartar de sí tales pensamientos.

–¿Puedo elegir? –repicó Kayla, insolente.

–Lo dices como si yo fuera un tirano.

–¿Tengo que recordarte lo que acabas de hacer? –le espetó ella, con ese tono sarcástico que lo sacaba de quicio y, a la vez, le hacía desear cosas que no debería desear.

–Nada de eso habría pasado si hubieras estado esperándome en la suite.

–¿Y por qué tenía que esperarte? Quería ir de compras.

Andreas torció el gesto. No le sorprendía porque Kayla solía ir de compras cuando estaba estresada.

–¿Y entonces qué hacías con ese actor?

Ella pasó a su lado moviendo provocativamente las caderas.

—Jacob ligó conmigo en una tienda.

—Ya me lo imagino —murmuró Andreas, intentando no dejarse afectar por el vestido. Tenía seis años de experiencia controlando su deseo. No debería ser tan difícil.

—¿Y qué? Soy soltera, puedo hacer lo que me dé la gana.

—Estás en una ciudad desconocida. Podría haber sido un asesino.

—Pero no lo es.

—No, no lo es —admitió él. En cuanto supo con quién estaba había hecho una verificación de antecedentes.

—Así que sabías que estaba a salvo.

Andreas la tomó del brazo, deteniéndola en la puerta del hotel.

—Pero tú no.

—Claro que lo sabía.

—Ya, porque tú sabes juzgar a la gente.

—Es algo que aprendes en las casas de acogida —replicó ella. Y su peleona expresión lo retaba a contradecirla.

—No funciona siempre.

—Nada funciona al cien por cien —dijo Kayla, fulminándolo con la mirada. Esa actitud desafiante no debería excitarlo, pero así era–. ¿Vamos a seguir discutiendo en la puerta del hotel?

—Al menos admites que tenemos que hablar.

Ella puso los ojos en blanco, con su precioso rostro de color café con leche acalorado de rabia.

—Estoy furiosa contigo, Andreas.

También él estaba enfadado consigo mismo, pero

no quería examinar por qué. Solo quería arreglarlo porque eran amigos. Ella era su única familia, aunque no se diera cuenta.

—Vamos dentro.

—Lo que tú digas, comandante.

—Estás pisando hielo muy fino.

—¿No me digas? Me tiemblan las piernas —replicó ella.

Subieron en el ascensor en silencio. Las rosas de color coral que había enviado llenaban el salón con su embriagadora fragancia, pero Kayla no se había molestado en leer la tarjeta. Y tampoco había abierto la caja de bombones, sus favoritos. Mientras ellos estaban fuera, y siguiendo sus órdenes, la conserjería del hotel había subido una botella de champán en un cubo de hielo y una cesta de frutas.

Kayla miró todo eso y luego lo miró a él.

—¿Qué es todo esto?

—Quería que te sintieras cómoda.

—¿Con rosas, champán y bombones? —le preguntó ella, incrédula.

—También hay fruta.

—¿No es demasiado romántico para una simple empleada?

—Eres mi amiga y mi socia, no una simple empleada. Y no estoy intentando ser romántico.

—Qué propio de ti.

Había metido la pata y estaba intentando compensarla, era cierto. Y, normalmente, ella aceptaba ese gesto como la ramita de olivo que era.

—¿Quieres una copa de champán?

Kayla miró la botella con gesto desdeñoso.

—Prefiero tomar un té.

Andreas había pensado usar el champán para que

Kayla se relajase, pero quizá también él necesitaba tener la cabeza despejada.

–¿Quieres pedir tú la cena o lo hago yo?

–No sé si puedo comer.

Kayla nunca comía cuando estaba estresada. Por otro lado, las emociones nunca afectaban al apetito de Andreas. Emociones que no tenían ningún sitio en su vida.

Y ella estaría mejor si pudiese controlar las suyas, pero entonces no sería Kayla Jones.

Ella asintió mientras llamaba al servicio de habitaciones para pedir el té. Una vez hecho eso, se dirigió al dormitorio.

–Voy a ponerme algo más cómodo para hablar.

–Estás muy guapa.

–Ya, bueno, me había vestido para una cita. Esto no es una cita, así que voy a cambiarme.

Andreas no sabía por qué esas palabras lo ofendían o por qué sintió el deseo de protestar, pero no lo hizo. Si quería cambiarse, que lo hiciera.

Mejor, pensó, porque ese vestido le recordaba su antigua relación sexual. Habían sido amantes durante dos años. Nunca había tenido una compañera sexual más satisfactoria, pero se había dado cuenta de que era algo mucho más importante: una amiga a la que no quería perder por nada del mundo. Por eso, porque las amantes no duraban, había buscado la forma de mantenerla en su vida y la había convertido en su socia. Tendrían que dejar de acostarse juntos, pero el sacrificio merecía la pena. Cambiando la naturaleza de su relación, garantizaba que Kayla siguiera a su lado para siempre.

Y había funcionado. Eran grandes amigos desde entonces. O lo habían sido hasta que decidió vender la empresa. ¿No se daba cuenta de que tenía planes para los dos? ¿No confiaba en él en absoluto?

Poco después llegó un camarero con la bandeja del té y Andreas le indicó que la dejase sobre una mesa antes de firmar la factura.

Kayla salió entonces de la habitación y Andreas esperó a que se sirviera el té como le gustaba, con leche y una cucharadita de azúcar, antes de decir:

—Explícame lo que has querido decir sobre lo que pasó hace seis años.

Cuando Kayla lo miró, en sus preciosos ojos grises vio un brillo de dolor y determinación que lo asustó. Y a él ya nada lo asustaba. Era su propia persona, nadie podría quitarle eso.

Ella se abrazó las rodillas, su típico gesto protector. Incluso el chándal era lo que él consideraba una armadura. La mayoría de las mujeres se arreglaban cuando querían sentirse seguras, pero ella no. Ella se ponía un chándal y calcetines gruesos.

—Hace seis años encontraste la forma de utilizarme para levantar tu empresa —empezó a decir, con un brillo sombrío en sus ojos grises.

—Esa es una forma de verlo.

—¿Hay otra?

—Encontré una forma de mantenerte en mi vida más tiempo del que hubieras durado como amante. Me gustabas más que ninguna otra mujer y... tenía sentimientos de ternura hacia ti, algo que solo me había permitido con mi madre. No quería perderte.

—Pero como amante tenía una fecha de caducidad.

Era cierto que ninguna otra de sus amantes había durado en su vida tanto como ella.

—No sabía cuánto tiempo estaríamos juntos como amantes, pero sabía que como socios duraríamos más.

—Y así fue –dijo ella, pensativa. Pero como si sus pensamientos no la hicieran feliz.

—Yo creo que fue una decisión acertada. Empezamos a trabajar juntos y nos hicimos amigos. Muy amigos. Estábamos en la vida del otro para siempre.

—Ya no. Vas a vender la empresa, vas a dejarme –dijo Kayla. Y había un mundo de tristeza en esa frase.

—Quiero que vengas conmigo. Abriremos una empresa nueva...

—No voy a dejar KJ Software –lo interrumpió ella.

—Puedes hacer muchas cosas, resolver muchos puzles –insistió Andreas–. Eres brillante, tienes abiertas las puertas del mundo de la programación. No tienes que dedicarte solo a la seguridad cibernética.

—Me gustan los puzles que resuelvo ahora. Esa empresa es mi hogar, me siento segura allí.

«¿Su hogar?». Solo era una empresa, pensó Andreas. Pero su dolida expresión le dijo que veían KJ Software de un modo totalmente diferente. Él era el propietario del noventa y cinco por ciento, pero Kayla había invertido mucho más que él.

Algo frío se abrió en su interior. Nunca se le había ocurrido pensar que no podría convencerla para cambiar de proyecto.

—Tu hogar es tu apartamento.

Eso debería ser cierto, pero ella negó con la cabeza.

—Mi apartamento es solo donde duermo, no donde me siento segura.

—¿Yo no hago que te sientas segura?

Si no le ofrecía seguridad, ¿qué era para ella? No podía ser solo su jefe.

—Vas a casarte.

—Eso no significa que nuestra relación tenga que cambiar.

—Significa exactamente eso. Vas a formar una nueva familia y yo no formaré parte de ella.

No, eso no era cierto. Él no permitiría que lo fuera.

—Tú eres parte de mi vida.

Parte de su familia también, pero por alguna razón no podía decirlo en voz alta.

—Podríamos seguir siendo amigos, pero ya no podrías ser mi red de seguridad. Eso no sería justo para tu esposa, ni para tus hijos. Las cosas no funcionan así, Andreas. La empresa es lo único que tengo, por eso quiero hablar con Sebastian Hawk, para asegurarme de que él no va a quitármela.

Andreas se quedó pensativo. Kayla necesitaba una seguridad que él no podía darle. Se sentía amenazada por la venta de la empresa y por su matrimonio. Los dos eran pasos necesarios para demostrar a la familia Georgas que nunca los había necesitado y nunca los necesitaría.

La única forma de darle lo que necesitaba era renunciar a una de las dos estrategias y, sencillamente, no podía hacerlo. Había trabajado demasiado para llevar a cabo sus planes. Además, estaba cansado de KJ Software y deseando hacer algo nuevo, más grande y mejor. Kayla sabía eso, aunque le costaba aceptarlo.

Nunca se le había ocurrido que ella quisiera seguir con KJ Software, que la compañía fuese para ella una familia sustituta o que la considerase un factor de estabilidad.

—Quiero que sigamos trabajando juntos, Kayla.

El brillo de tristeza y aceptación de sus expresivos ojos grises lo decía todo.

—Pero quieres levantar una empresa más grande. Yo no voy a dejar KJ Software.

—Eso no significa que no podamos ser amigos.

No trabajarían juntos, pero seguían viviendo en el mismo edificio.

Ella se tomó su té, mirándolo en silencio durante largo rato.

–Supongo que tienes razón, la amistad es estar ahí para la otra persona y a tu manera, arrogante y cabezota, me necesitas.

–Deja de insultarme.

–Me has fastidiado una cita.

–Estaba preocupado por ti.

–Podrías haber esperado a mañana para preocuparte por mí.

–Deja de fingir que ibas a acostarte con ese tipo.

Esa idea era anatema para él.

–Tú no sabes lo que iba a hacer. Pensaste que la idea de la celestina me parecería bien y no es así. Pensaste que me parecería bien que vendieses la empresa y aún sigo queriendo meterme en tu armario con unas tijeras. Pensabas que querría dejar KJ Software para abrir una nueva empresa y no podrías estar más equivocado. Creo que es evidente que no me conoces en absoluto.

Andreas no se lo podía discutir porque tenía razón. Kayla veía lo que pasó seis años antes de un modo muy diferente a como lo veía él o no habría salido en la conversación. De modo que era cierto, no conocía a Kayla Jones tan bien como había pensado y si no lograba entenderla perdería a la única persona a la que consideraba su familia.

Pero eso no iba a pasar. Había perdido a muchas personas queridas y Kayla no iba a ser una de ellas.

Andreas ignoró un nuevo mensaje de Genevieve mientras seguía leyendo sus correos. No sabía que fuera tan exigente cuando la contrató. Se había mostrado encantada de tenerlo como cliente y, sin duda, tenía buenas intenciones, pero él estaba ocupado en ese momento. El cuestionario y el cambio de imagen tendrían que esperar.

¿Por qué tenía que cambiar su estilo de vestir y su corte de pelo? Él no tenía ningún problema para encontrar compañía femenina llevando trajes de chaqueta. Según Genevieve, estaba buscando una esposa, no un ligue, pero él seguía sin estar convencido.

No quería una esposa que esperase un hombre relajado, dispuesto a pasar todas las noches y los fines de semana jugando a las familias felices. Ese no era él.

Una hora después, satisfecho con el trabajo, estaba a punto de pedir el desayuno y despertar a Kayla cuando la puerta del segundo dormitorio se abrió de golpe. Ella salió como una tromba, con los rizos sujetos con uno de esos pañuelos de colores que se ponía para dormir. Y, cuando llegó a su lado, su mirada gris cayó sobre él con el peso de un misil.

Llevaba unos pantaloncitos de satén de color coral y una camisola que se pegaba a sus curvas...

Maldita fuera, tenía que recordar que la pasión que habían compartido era demasiado arrolladora como para tomar decisiones acertadas.

Ella le puso su *smartphone* delante de la cara.

—Arréglalo.

El teléfono emitió un pitido, indicando la entrada de un mensaje.

—¿Arreglar qué?

—¡Esto! —exclamó Kayla, poniéndolo delante de sus narices.

Andreas miró la pantalla. Era un mensaje de Genevieve exigiendo que lo metiese en un avión de vuelta a Pórtland inmediatamente.

–Le has dado mi número a tu alcahueta. Llámala ahora mismo y dile que deje de molestarme.

–No respondas a sus mensajes.

–Me llama a mí porque tú no le contestas.

–Tengo otras cosas que hacer –dijo Andreas. Y Genevieve tenía que aprender que él hacía las cosas a su propio ritmo.

Los ojos de Kayla echaban chispas.

–No me apetece soportar este acoso. Llámala ahora mismo.

–Estás de muy mal humor esta mañana.

–Porque alguien con quien no tengo la menor intención de hablar me ha despertado de un profundo sueño.

–Te dije que quería hablar contigo.

–Andreas, lo digo en serio.

Kayla no solía perder la paciencia, pero, cuando se ponía así, él sabía que había problemas. Y ella era la única persona del mundo con la que no quería estar enfadado.

–Mira...

Kayla lo interrumpió levantando una mano. No dijo nada, sencillamente dejó el teléfono sobre la mesa y luego volvió a su dormitorio y cerró de un portazo.

Suspirando, Andreas tomó su móvil y marcó el número de Genevieve.

–¡Por fin! –exclamó ella–. Andreas, tienes que tratar este proyecto con más respeto o no llegaremos a ningún sitio.

–No te di el número de Kayla para que la acosaras. No vuelvas a hacerlo, por ninguna razón. De hecho, quiero que lo borres de tu lista de contactos ahora mismo.

–Pero eso es absurdo. Me has llamado precisamente porque me he puesto en contacto con tu ayudante.

–No es mi ayudante, es mi directora de Investigación y Desarrollo. Muéstrale el respeto que se merece. Borra su número de tu lista de contactos.

–¿Perdona?

–No, no te perdono. Tu actitud hacia la señorita Jones ha sido grosera e imperdonable.

–Andreas, emparejar a la gente es un proceso largo y complicado. Exige toda tu atención.

–No, exige toda *tu* atención, para eso te pago.

–Parte de mi trabajo requiere tu participación. ¿Has olvidado el cambio de imagen? Si quieres, puedo ir a Nueva York...

–No, no habrá tiempo para eso –la interrumpió Andreas–. Te llamaré cuando vuelva a Pórtland.

–Tengo la impresión de que no estás tan comprometido con el proyecto como yo pensaba.

–Pronto descubrirás que no me gusta ser cuestionado –replicó Andreas–. Hablaremos cuando vuelva a Pórtland.

Cuando dejó el móvil vio a Kayla en la puerta de la habitación.

–¿Le has dicho que deje de llamarme?

–Le he dicho que borre tu número de su lista de contactos.

–Si estuviera en casa podría haberlo hecho yo misma.

Siendo una diseñadora de software de seguridad de primera categoría, Andreas no tenía la menor duda.

–A veces me asustas.

—A ti no te asusta nada.

Nada que él quisiera admitir.

—Eso de meterte en los ordenadores y los teléfonos de la gente algún día te traerá problemas.

—Es una consecuencia natural de mi trabajo—replicó ella, estirándose perezosamente y haciendo que sus pechos destacaran bajo la seda de la camisola—. Me voy a la cama.

—¿Hasta qué hora piensas dormir?

—Hasta la hora que quiera. Estoy de vacaciones.

—Pensé que te gustaría visitar Nueva York. Podríamos tomar el ferry...

—Jacob iba a enseñarme la ciudad.

El innecesario recordatorio hizo que Andreas apretase los dientes.

—Quería enseñarte su dormitorio.

—A lo mejor tenía unas vistas estupendas.

—Si quieres buenas vistas deberías meterte en la ducha y vestirte para que podamos tomar el ferry.

—No he dicho que vaya a ir contigo.

—No seas tan cabezota, por favor. Venga, vístete, tenemos cosas que ver.

Kayla frunció el ceño.

—Ah, por eso no llevas traje, pero sigues pareciendo un empresario importante.

—Porque lo soy.

Andreas se había puesto un pantalón y una camisa, sin corbata ni chaqueta, algo raro en él. Andreas Kostas no quería reconocer que era el hijo de Barnabas Georgas, pero no podía negar que llevaba la sangre de ese canalla arrogante en las venas.

—No pensaba quedarme aquí, contigo.

—¿Y dónde pensabas ir?

Cuando a Kayla se le metía una idea en la cabeza

era muy difícil hacerla entrar en razón. Había tardado tres años en convencerla para que se mudase a su edificio, y solo después de persuadir a la comunidad para que le hicieran un considerable descuento que él pagaba en secreto. Pero ella no debía saberlo o haría las maletas sin pensárselo dos veces. Era la mujer más independiente que había conocido nunca.

—A un hotel en el que tú no estés.

—¿De verdad te parezco tan repugnante? —le preguntó él, dolido.

Ella hizo una mueca.

—No digas bobadas. Es solo que... Esto no es fácil para mí, Andreas.

Capítulo 5

TE REFIERES a la venta de la empresa? –le preguntó Andreas.

–Me refiero a todo –Kayla se mordió los labios, abrazándose a sí misma como para protegerse–. Siento que estoy perdiendo la empresa y a ti a la vez.

–No vas a perderme –dijo él–. Tú ves la familia de un modo que ninguno de los dos ha experimentado y de un modo que yo no pretendo vivir. Mi mujer no va a suplantarte.

–Solo tengo sitio en tu vida como amiga –murmuró ella, como si la palabra le dejase un regusto amargo.

¿Prefería renunciar a su amistad? Eso no era posible. Kayla era parte de su vida y no pensaba decirle adiós.

–Maldita sea, somos amigos desde la universidad, ¿y de repente ya no quieres serlo?

–Yo no he dicho eso –respondió ella, dando media vuelta–. Voy a vestirme.

–No hemos terminado.

–Si vamos a tomar el ferry, sí –replicó Kayla.

Entró en la habitación moviendo el trasero y los recuerdos lo asaltaron. De repente, la deseaba como no se había permitido a sí mismo desearla en esos seis años. Su pene presionaba contra el pantalón y el deseo de seguirla era tan fuerte que estuvo a punto de ceder.

Maldita fuera. Hacía algún tiempo que no pensaba en Kayla de ese modo. ¿Qué le pasaba?

Fuera lo que fuera, tenía que controlarlo. Kayla tenía un sitio en su vida y ese sitio no era la cama. Y ella tenía que dejar de actuar como una loca para que pudiese controlar su libido.

Kayla no sabía por qué había aceptado hacer esa excursión con Andreas, tal vez porque lo había oído decirle a Genevieve que dejase de molestarla, como ella le había pedido. O tal vez porque se había dado cuenta de lo importante que era su relación para él. Había dejado su trabajo y sus planes de encontrar a la esposa perfecta, lo había dejado todo para ir a buscarla y no entendía por qué.

Era como si temiese perderla y, a pesar de sí misma, eso la emocionaba.

Salió de la habitación con un ajustado pantalón azul verdoso, una camiseta a rayas, una chaqueta de punto y unos zapatos planos de color coral. El pantalón le quedaba de maravilla y la camiseta moldeaba sus pechos de un modo sexi, pero discreto.

Claro que Andreas no se fijaría en nada de eso.

—¿Tenemos tiempo para desayunar?

Él la miró de arriba abajo.

—¿Eso es lo que vas a ponerte?

—Sí.

—¿No te parece demasiado... informal? —le preguntó, haciendo una significativa pausa.

—¿Para hacer turismo? No.

—¿Quieres ligar con alguien?

—¿De qué estás hablando?

—De ese conjunto tan sexi. Anoche ibas vestida como una mujer dispuesta a seducir y ahora... ¿se puede saber qué pasa?

–Lo único que pasa es que tú te portas como un idiota. Este conjunto no es una invitación para el sexo.

–Pues a mí me lo parece –dijo él, señalando su evidente erección.

–No digas tonterías. Yo no soy responsable de tu... de eso.

–Sí lo eres.

Kayla no sabía qué pensar sobre la erección. Unos días antes podría haber visto un rayo de esperanza en esa situación, pero sabiendo lo que sabía sobre los planes de Andreas decidió que esa reacción física no significaba nada en absoluto. Menos que nada.

–Es tu problema, Andreas. Me he puesto cosas más reveladoras y no te ha afectado nunca. Si estás... así, a lo mejor deberías pasar la mañana haciendo algo que no sea visitar Nueva York. Y yo puedo llamar a Jacob para ver si sigue interesado...

–No vas a reemplazarme con Jacob –la interrumpió él, casi vibrando de ferocidad.

Caray. Menuda reacción.

–Bueno, pero no pienso cambiarme –dijo Kayla, desafiante.

Andreas dejó escapar un suspiro.

–Vamos a desayunar.

Mientras se sentaban a la mesa, Kayla no podía dejar de preguntarse si su pequeño, o no tan pequeño, problema persistiría y qué significaba eso. ¿Llevaba mucho tiempo sin sexo? ¿Sería una exigencia de su casamentera?

Ella sabía que Andreas era un hombre con un gran apetito sexual. Era raro el día que no hacían el amor más de una vez. Si Genevieve lo había puesto a dieta mientras buscaba candidatas, eso explicaría que estuviera tan desesperado como para excitarse con ella.

Por si acaso, mantuvo las distancias en el ascensor y en el coche que los llevó al muelle.

Andreas seguía protestando porque, en su opinión, el pantalón era demasiado ajustado. Kayla no le hizo caso, pero no podía dejar de sonreír para sus adentros.

Había una larga cola para subir al ferry, pero, cuando salieron del lujoso coche negro, Andreas tomó su mano y la llevó hacia un hombre de uniforme, a quien mostró su identificación.

—¿Tratamiento VIP? —bromeó Kayla mientras el oficial los acompañaba al barco.

—Ya sabes que no me gusta hacer cola.

—Así que has contratado una visita turística, pero has conseguido que subiéramos antes que el resto de los pasajeros.

—Más o menos —asintió él.

—Eres un hombre extraño.

—Dice la mujer que podría vivir como una reina, pero prefiere hacerlo como una campesina.

—Prefiero gastar mi dinero en el refugio para niños.

—Te he dicho mil veces que yo podría financiarlo, pero te niegas.

—Es demasiado dinero. Habrías tenido que retrasar tus planes de demostrarle a tu familia lo que vales —dijo Kayla. Además, el refugio era su proyecto personal—. Y he dejado que hagas una aportación mensual.

—No estoy intentando demostrarle a mi familia lo que valgo —protestó Andreas, ofendido—. Yo sé lo que valgo.

—Eso pienso yo, pero tus planes dicen lo contrario —respondió ella. Nunca le había hablado tan francamente del asunto, pero no tenía nada que perder.

Andreas la miró como si no la conociese.

–Mi plan demostrará al clan Georgas que un Kostas no los necesita para salir adelante, que soy mejor que aquello en lo que querían convertirme.

–Tu padre se portó como un canalla, pero tú ya has demostrado que no lo necesitas. Has recuperado el apellido de tu madre, has levantado una empresa en Estados Unidos, no en Grecia. KJ Software ha tenido más éxito del que te hubieras podido imaginar. No queda nada que demostrar.

–Les demostraré que puedo tener mi propia familia.

Al escuchar esas palabras, Kayla perdió toda esperanza de que Andreas no siguiera adelante con su plan de comprar una esposa. Genevieve encontraría una mujer ideal para él, con el pedigrí perfecto, no una mestiza criada en casas de acogida porque su propia madre no había querido hacerlo.

Era comprensible que la hubiese dejado seis años antes. No estaba enamorado y, además, ella no encajaba con su visión de lo que debía ser su vida. Estaba segura de que ni siquiera habría pasado el primer proceso de selección. Y no le importaba.

Andreas podría no considerarla alguien especial, pero había salido adelante en la vida a pesar de una horrible infancia y estaba orgullosa de sí misma. Por eso estaba tan comprometida con el refugio, porque creía en dar una oportunidad a otros niños en su misma situación.

Sabiendo que la oportunidad de tener un futuro con Andreas había muerto para siempre, se obligó a mirarlo como lo único que él insistía en ser: un amigo.

–Te deseo que encuentres la felicidad.

–¿Qué ha pasado? –le preguntó él, intentando leerle el pensamiento. Pero Kayla había guardado sus emo-

ciones en ese sitio donde nadie podía hacerle daño, ni
siquiera él–. No hagas eso, Kayla. Lo que haya pasado por tu cabeza, no lo hagas.

–Relájate –dijo ella, esbozando la sonrisa que siempre había engañado a los trabajadores sociales–. No
pasa nada. Bueno, ¿qué vamos a ver en esta visita?

–No me ofrezcas una sonrisa falsa. Ha pasado algo
y quiero saber qué es.

Aunque Kayla hubiera sentido la inclinación de
responder, y no era así, de ningún modo iba a hacerlo
con tanta gente a su alrededor. Además, daba igual. La
vida le había enseñado que a veces había que renunciar a los sueños.

A pesar del tenso principio, Kayla disfrutó de la
travesía e hizo multitud de fotografías mientras se
acercaban a la Estatua de la Libertad.

–Te vas a quedar sin batería –le advirtió Andreas.

–No me digas que esto no te toca el corazón. Tu
madre llegó a Estados Unidos por aquí.

–Para ella ya no había nada en Grecia. Su amante
le había dado dinero para que abortase, algo que su fe
no le permitía hacer, y su familia la había rechazado.

–¿Porque estaba embarazada?

–Porque su sustento dependía de Barnabas Georgas y mi madre era un bochorno para ellos.

–Qué asco de gente –dijo Kayla, aunque ella sabía
de primera mano que no todos los padres querían a
sus hijos.

Andreas soltó una carcajada.

–Es una forma de verlo, señorita Jones.

Ella notó que le ardía la cara. Cuánto le gustaba
hacer reír a aquel hombre. Y no ocurría a menudo.

–Eres tan guapa cuando haces eso.

–¿Qué?

–Ponerte colorada. Es un contraste precioso con tu piel de color café con leche.

–Bonita forma de recordarme que soy mestiza.

Andreas se puso rígido, con sus ojos de color esmeralda echando fuego.

–¿Qué te has llamado?

Kayla puso los ojos en blanco.

–No es ningún insulto. Mi padre debía de ser en parte negro. ¿De dónde crees que vienen estos rizos?

–Eso te convierte en una típica estadounidense. Este país es una mezcla de razas.

–Ya, bueno, da igual. Seguro que es así como me describió Genevieve.

Él puso una mano en su cuello, la otra, cálida y pesada, sobre su muslo.

–Si cometiese el error de hacerlo la despediría y me encargaría de que no volviese a encontrar trabajo en toda su vida.

–Oye, no te pases, que no ha dicho nada –protestó ella. A pesar de haberla mirado con cierto desprecio.

–Tú eres mi amiga, Kayla.

–Por cómo me tocas, esto parece algo más que amistad –replicó ella, con el corazón acelerado. Si no se apartaba haría algo espectacularmente estúpido. Como besarlo, por ejemplo.

–Sí, es verdad –asintió Andreas. Pero no se apartó ni un centímetro.

El guía dijo algo sobre la estatua, pero Kayla no podía apartar la mirada del rostro masculino. Había visto ese brillo en sus ojos muchas veces... seis años antes. ¿Y si estaba viendo lo que quería ver, a lo que había renunciado del todo, para siempre, menos de una hora antes? ¿Y si esa mirada no significaba lo que ella creía que significaba?

Pero ya no era una adolescente virginal y los labios de Andreas estaban a unos centímetros de los suyos, con su torso tan cerca que podía sentir el calor de su cuerpo.

–Me pregunto cómo sería –dijo él, antes de apoderarse de sus labios.

Y, por primera vez en seis años, Kayla sintió que estaba de nuevo en casa. A salvo.

Le devolvió el beso, con la sorpresa dando paso a la magia de la sensación. Andreas la besó profundamente, sujetando su cabeza para dejar el sello de su posesión, envolviéndola en sus brazos hasta que estuvo completamente rodeada por su antiguo amante.

El sonido de aplausos, silbidos y risas hizo que se apartasen. Kayla se dio cuenta entonces de que estaban dando el espectáculo y que los turistas parecían más interesados en hacerles fotografías a ellos que a la Estatua de la Libertad.

El bobo de Andreas soltó una carcajada, como si lo pillaran besando a alguien en público todos los días. Y ella sabía que no era el caso.

–Había olvidado cuánto me gusta besarte.

–Lo sé –dijo ella.

–Y eso te molesta.

–No fui yo quien decidió que seríamos mejores amigos que amantes. Ay, porras –Kayla miró a su alrededor, esperando que nadie la hubiese oído. Mala suerte. La mitad de los pasajeros parecían interesados en su problema–. Qué vergüenza.

–¿Te da vergüenza ser mi amante?

Iba a darle una bofetada, en serio.

–Ya no lo somos.

Andreas asintió con la cabeza.

–Será mejor que sigas haciendo fotografías.

–¿Esperas que haga fotografías después de... esto? –exclamó Kayla.

Él esbozó una radiante sonrisa mientras sacaba el móvil para hacer fotografías de la estatua. Incluso hizo un *selfie* de los dos. Era irreal y Kayla no sabía lo que estaba pasando.

Mientras volvían a Manhattan, Andreas le pasó un brazo por los hombros como si fuera lo más natural del mundo, rozándole el cuello con el pulgar y haciendo que sintiera estremecimientos.

–¿Se puede saber qué estás haciendo? –le espetó.

Él le dio un beso en la sien.

–Asombroso, ¿verdad?

–¿De dónde sale tanto afecto? –inquirió Kayla, preguntándose si estaría soñando.

–Me gusta tocarte. Había olvidado cuánto.

–¿Has tomado una pastilla para el mareo esta mañana o algo así?

La risa de Andreas era cálida, vibrante y toda suya. Un sonido que compartía con muy poca gente.

–O algo así.

Sus miradas se encontraron entonces. Sabía que era un riesgo, pero era incapaz de mantener aquella conversación sin mirarlo a los ojos.

–¿Qué significa eso?

–He tenido una revelación –respondió él.

–¿Qué clase de revelación? –le preguntó Kayla, suspicaz.

–Te lo contaré cuando estemos en el hotel. Esta no es una conversación que quiera mantener en un sitio público.

–Dice el hombre que acaba de besarme delante de un montón de gente. Te veo muy jocoso.

Él esbozó una pecadora sonrisa y luego la besó de

nuevo. No un beso apasionado, pero tampoco plató-
nico.

Kayla dejó escapar un gemido, forcejeando con
unos sentimientos que había tenido que controlar durante seis años. Su sentido común luchaba contra su
cuerpo y, lamentablemente, su sentido común estaba
perdiendo la batalla.

—Tienes que dejar de besarme —consiguió decir.

—El calor de tus labios dice otra cosa.

—No seas tonto.

—No te preocupes, Kayla. Todo va a salir bien, te lo
prometo.

—No puedes prometer eso. Todo esto es un desas-
tre.

—No, ya no.

—¿Cómo puedes decir eso? Estoy soñando, ¿no?
Eso es lo que pasa.

Andreas volvió a besarla. Sus labios eran firmes,
fuertes, posesivos y reales. Muy reales.

—¿Esto te parece un sueño?

—¡Andreas! Hay niños alrededor.

Y curiosos adultos, encantados con el espectáculo.

—Como he dicho, hablaremos luego.

—No estoy soñando.

—No, *Kaylamor*, no estás soñando.

—Nunca he entendido por qué usas ese término
cariñoso cuando no crees en el sentimiento —protestó
ella. No lo había usado en seis años y ahora, de repente, lo usaba mientras la besaba hasta dejarla sin
aliento.

Andreas se encogió de hombros.

—Solo es una palabra.

Kayla sabía que pensaba así. «Amor» solo era una
palabra para él, como «cariño» o «cielo». No signifi-

El taxista tosió de una forma sospechosa, como para disimular una risita. Andreas lo fulminó con la mirada y Kayla supo que todo iría cuesta abajo si no hacía algo.

—¿A qué restaurante vamos? —le preguntó, dedicándole una amplia sonrisa—. ¿Otra atracción turística?

—No exactamente. Y, por cierto, déjate de sonrisas falsas. Yo quiero que tus sonrisas sean auténticas.

—No puedo garantizarlo.

—No estoy dispuesto a aceptar eso.

—Pues peor para ti.

—Nada de sonrisas falsas para mí, Kayla. Guárdatelas para otros.

—¿Para Jacob, por ejemplo?

—No hay sitio para Jacob en esta conversación.

—No puedes decirme que me olvide de alguien, como si no existiera.

—¿Que no? Claro que puedo.

—Y yo puedo pasar de ti.

En esa ocasión, el taxista no pudo ocultar la risa y Kayla se alegró cuando llegaron a su destino, un rascacielos de acero y cristal.

—Le encantará el sitio. Los hombres traen aquí a las mujeres para impresionarlas —dijo el taxista.

Andreas gruñó. Podría ser un gruñido de asentimiento o un gruñido de «Métete en tus asuntos».

—Seguro que sí. Andreas siempre cree saber lo que me gusta —se burló Kayla. Salvo cuando se trataba de vender la empresa, claro.

El restaurante estaba en el último piso, la vista de Nueva York era asombrosa y Andreas hacía lo posible por mostrarse encantador.

—¿Quieres parar?

—¿A qué te refieres?

–Deja de ser tan agradable.

–¿No quieres que sea agradable? –exclamó él, haciendo un gesto de incredulidad.

–No –Kayla dejó escapar un resoplido de frustración–. Sé lo que quieres y la respuesta es no.

–No estés tan segura, *pethi mu*.

–Déjate de apelativos cariñosos. No vas a conseguir nada.

–¿A qué te refieres? –le preguntó él, con un brillo travieso en los ojos.

–A tus planes para esta noche.

–Yo creo que te gustarán mis planes.

–Tú siempre crees eso, pero no siempre tienes razón.

Las últimas cuarenta y ocho horas deberían dar fe de ello.

–Casi siempre tengo razón –insistió él–. Relájate Kayla. Estás a salvo en este bonito restaurante.

–Es un sitio estupendo. La clase de sitio al que llevas a una mujer o a un cliente para impresionarlos, pero yo no soy tu cita ni un cliente. Ni siquiera sé cómo has conseguido la reserva.

–Tal vez eres una mujer que me importa y a quien me gustaría impresionar.

–El día que te importe impresionarme me comeré mi sombrero con salsa picante.

–Siempre he querido impresionarte. Eres la única persona a la que deseo impresionar.

–Eso es... –Kayla no terminó la frase, pero no le creía.

–Sabes que no quiero impresionar a mi familia griega.

–Y, sin embargo, has elaborado un plan para demostrarles lo genial que eres.

—O que no los necesito. ¿A quién más quiero impresionar?

—¿A tu futura esposa, a Genevieve, a otros multimillonarios?

—Nada de eso.

—Entonces, ¿por qué te importa lo que yo piense?

—Porque tú eres mi amiga y me importa lo que pienses de mí. Y aquí estamos, en Nueva York, cuando yo debería estar en Pórtland, dejando que Genevieve me haga un cambio de imagen.

—Me pregunto si te pondrá extensiones o un moño masculino. Ahora se llevan mucho.

Andreas puso cara de horror.

—Eso no va a pasar.

—No, claro, te pondrá tejanos y camisetas ajustadas para marcar pectorales. No creo que te deje llevar tus trajes de chaqueta hechos a medida.

—¿Por qué no?

—¿Y yo qué sé? Es ella quien insiste en un cambio de imagen.

Aunque, en su opinión, no le hacía ninguna falta.

—Genevieve cree que con este aspecto no parezco un marido accesible.

—¿Qué clase de marido tienes que ser?

—Es una buena pregunta. Tal vez debería haberla hecho antes de pagarle un depósito de veinticinco mil dólares.

—¿Qué clase de esposa sería un activo para tu negocio? Supongo que debería venir de una familia con cierta posición social.

—Tú sabes que no es mi intención casarme con una chica de la alta sociedad.

—No me refería a eso. Más bien, alguien que provenga de una familia estable y que sea una buena madre cuando tengáis hijos. Una chica educada, pero que no tenga un doctorado porque te molestaría que tu mujer tuviese mejor educación que tú.

—No me molesta que tú seas más lista que yo.

—Soy más lista cuando se trata de diseños informáticos, pero no más inteligente. Y los dos tenemos un solo título universitario. No me digas que si tuviera un doctorado no te molestaría.

—Estaría orgulloso de ti. ¿Quieres volver a la universidad?

Kayla lo había pensado. Le encantaba estudiar y algún día le gustaría dar clases a adultos, pero no se lo dijo.

—Mis planes no son asunto tuyo. Y vas a estar muy ocupado con tus inversiones de capital riesgo como para preocuparte de lo que yo haga con mi vida.

—Eso no es verdad.

—Mira que eres cabezota.

Andreas soltó una carcajada.

—Mira quién habla.

—En serio, crees que lo sabes todo, que puedes decidir por todos, pero no es así.

—Como demuestra que esté en Nueva York cuando debería estar en Pórtland. Pero, en mi defensa, debo decir que pensaba que querrías abrir una nueva empresa conmigo.

—Porque eres un arrogante y crees que sabes mejor que nadie lo que necesitan los demás.

—¿Quieres que nos peleemos?

—No, solo te digo que no vas a salirte con la tuya.

Andreas dejó escapar un suspiro.

—Hacía tiempo que no comíamos juntos.

—Has estado muy ocupado en los últimos meses —dijo Kayla—. Preparando la venta de la empresa, ¿no?

–Lo dices como si lo hubiera hecho a escondidas, pero no es verdad.

–¿Entonces, ¿por qué yo no sabía nada?

–Porque no quería anunciarlo a bombo y platillo.

–Lo has escondido.

–No es eso...

El móvil de Andreas sonó en ese momento. Era un mensaje de Bradley y, de repente, sus ojos verdes echaban chispas.

–¿Qué pasa? –preguntó Kayla.

–Te lo explicaré enseguida –respondió él mientras marcaba un número–. Genevieve, estás despedida.

Kayla oyó gritos de indignación al otro lado.

–Me da igual lo que hayas visto en las redes sociales. Yo no acepto órdenes de nadie y no admito que se cuestionen las mías. Estás despedida y espero que me devuelvas una parte del depósito por incumplimiento de contrato.

Kayla oyó a Genevieve intentando engatusar a Andreas para que cambiase de opinión, pero ella podría haberle dicho que era una pérdida de tiempo. Andreas Kostas había tomado una decisión firme y cuando lo hacía era inamovible.

–Adiós, Genevieve –dijo él antes de volver a guardar el móvil en el bolsillo de la chaqueta.

–¿Se puede saber qué ha pasado?

–Quería venir a Nueva York para el infame cambio de imagen y yo le dije que no, pero esta mañana decidió ignorar mis órdenes y venir de todos modos. Bradley se enteró de sus planes y me envió un mensaje.

–¿Por qué tanta insistencia en venir?

–Porque no quería perder a un lucrativo cliente. Alguien ha colgado una fotografía de los dos besándonos en las redes sociales.

—Pero ¿cómo nos han reconocido?

—Un paparazi te vio con Jacob e investigó quién eras. Le resultó muy fácil porque, al parecer, su hermana ha estado hablando mal de ti en Twitter por dejarlo plantado. Por casualidad, el paparazi estaba en el barco con nosotros esta mañana y decidió publicar la fotografía.

—¿Y Genevieve pensaba venir a Nueva York para solucionar el problema? Vaya, sí que está comprometida a buscarte una esposa.

—Da igual, la he despedido. Según ella, tú eras un riesgo.

—Ah, qué simpática —murmuró Kayla.

—No es buena persona, pero es muy eficaz.

—Pero la has despedido.

—Tú sabes que no tolero que ignoren mis órdenes.

—Yo lo hago todo el tiempo y no me has despedido.

—Tú eres una excepción —Andreas le hizo un guiño—. Que no se entere nadie.

—Ah, claro. No queremos que nadie piense que eres un blando —dijo Kayla.

—Porque no lo soy.

—No, es verdad.

Después de todo, iba a vender la empresa sin contar con ella. Andreas no era un sentimental.

—¿Seguimos visitando la ciudad?

Kayla había esperado que quisiera volver al hotel. La tensión sexual que había entre ellos podía cortarse con un cuchillo, pero era como si quisiera llevar la anticipación al nivel máximo.

Solía hacer eso antes, cuando eran amantes. La volvía loca, pero en el mejor de los sentidos.

Un lujoso coche oscuro los esperaba en la puerta del edificio.

—¿Dónde vamos ahora? —le preguntó.

—Había pensado en ir al puente de Brooklyn. Sé que te gustan los puentes.

Era cierto. En Pórtland había bastantes y le gustaba mucho explorarlos, hacer fotografías, caminar sobre ellos y perderse en la contemplación del río.

—Son como el código cifrado, una pasarela entre donde estás y donde quieres ir.

—Tu mente es única, *Kaylamor*. ¿Te das cuenta? —le preguntó, con una nota de admiración.

—Sé que no pienso como la gente normal.

—¿Qué es eso de «normal»? ¿Se supone que debemos esforzarnos por ser normales? Yo no lo creo —dijo Andreas, apretando su mano. Sus dedos, cálidos y fuertes, le daban una sensación de seguridad y otro sentimiento que no quería examinar porque era peligroso para su equilibrio mental—. No debes pensar menos de ti misma porque no seas lo que algunos consideran «normal».

—Te has vuelto muy afectuoso de repente.

Los pómulos de Andreas se cubrieron de rubor.

—Siempre soy afectuoso. Oye, ¿tú crees que mi forma de vestir me hace inaccesible? —le preguntó entonces, a propósito de nada.

—¿Lo dices en serio? ¿A qué viene eso?

—Ya sabes que Genevieve quería hacerme un cambio de imagen.

—¿Y crees que la nueva celestina también querrá hacerlo?

—No voy a contratar a nadie más.

De ese modo no iba a conseguir los 2.5 hijos, la casita con la verja blanca y la cuenta corriente con mil millones de dólares para restregársela a su padre por la cara, pero Kayla no podía negar que esa noticia era un alivio.

–Entonces, ¿por qué lo preguntas?

Horror. ¿Andreas quería que le diera consejos para encontrar novia?

–¿Y tú por qué no contestas?

–Me gusta cómo vistes, sea con traje de chaqueta o con los tejanos que escondes en el último cajón de la cómoda. Tú eres tú. Si una mujer necesita que vistas de un modo determinado para encontrarte atractivo tal vez no sea la mejor elección, ¿no te parece?

Era una pista, pero Andreas no se daría cuenta, como siempre. Y luego, para volverla aún más loca, pasó la yema del dedo por el cuello de la camiseta. Esa caricia tan familiar, ya casi olvidada, hizo que contuviera un suspiro.

–Me gusta cómo vistes, *Kaylamor*. Siempre me ha gustado.

–Eso no es lo que has dicho esta mañana.

–Mi perspectiva ha cambiado desde entonces.

Una alarma empezó a sonar en su cabeza. ¿Qué más confirmación necesitaba? Andreas estaba intentando seducirla, acariciándola íntimamente con la mirada.

–Me gustaría que te pusieras el vestido de ayer.

–No me lo puse para ti –replicó ella. Pero su voz sonaba ronca, su aliento jadeante.

Tenía que ser firme, hacerle saber que no iba a dejarse seducir, pero su cuerpo ya estaba inclinándose hacia él como por voluntad propia y su cerebro inventando todo tipo de excusas para hacerlo.

Andreas frunció el ceño en un gesto de desagrado.

–Lo sé.

–Eres demasiado posesivo para ser un amigo.

–A mí no me lo parece –murmuró él, rozando sus labios con los suyos.

Kayla no tuvo oportunidad de responder porque su

cuerpo ya estaba inclinándose hacia él y sus labios abriéndose ligeramente. Se apartaría enseguida, pero aún no. No podía renunciar a esa sensación tan agradable. Era más que atracción sexual, era la sensación de estar donde debía. Era su hogar, su familia.

Algo adictivo para una mujer que nunca había tenido una familia. Y muy peligroso porque sabía que él no sentía lo mismo.

Andreas presionó su espalda, tirando de ella a pesar de las restricciones del cinturón de seguridad. Alguien dejó escapar un suspiro de frustración, y Kayla se dio cuenta de que era ella. Quería estar más cerca, sin ropa y sin el cinturón de seguridad.

Se habría sentido avergonzada si hubiera sitio para eso en aquella tormenta de emociones y si él no dejase escapar roncos gemidos de deseo mientras la besaba. Debería hacer algo para recuperar la cordura, pero estaba hundiéndose en aquel frenesí. Sus labios eran demasiado cálidos y enviaban mensajes a todas sus terminaciones nerviosas. Andreas deslizó la lengua en su boca, tan sexi, tan seductor.

Apretó los muslos para controlar el torrente de deseo, pero sabía que solo había una forma de aplacar su ardor. Andreas deslizó las manos por su espalda, luego por su cintura y sus costillas, rozando sus pechos. Kayla dejó escapar un gemido mientras agarraba su camisa con las dos manos. El beso se volvió incendiario, los dos mordiéndose y lamiéndose. Sus gemidos se mezclaban con los profundos suspiros masculinos. Se colocaría a horcajadas sobre él si no estuviera sujeta por el cinturón.

Aunque eso hacía que fuera más excitante.

Él pellizcó uno de sus pezones por encima del sujetador, provocándole una oleada de delirio. Sus pezones siempre habían sido muy sensibles, pero solo Andreas sabía qué hacer con ellos.

Mientras la acariciaba, apretando y pellizcando, las capas de ropa no eran impedimento alguno para las sensaciones. Andreas era experto en usar la sedosa textura del sujetador para estimular sus pezones y empezaba a perder el control. Había pasado tanto tiempo desde la última vez que experimentó ese deseo, tanto tiempo desde la última vez que estuvo con él, una persona en la que confiaba como no podía confiar en nadie más.

A pesar de lo que había hecho en las últimas cuarenta y ocho horas.

Sin poder evitarlo, Kayla se dejó ir y el placer fue incandescente. Con los ojos cerrados, sintió los espasmos en su útero y cerró los muslos mientras Andreas besaba su cuello, besos de amor, chupetones, susurrando palabras seductoras en su oído.

–Tu pasión es tan preciosa, *Kaylamor* –musitó–. Y es mía.

–Andreas...

–Mía y de nadie más.

–Posesivo.

–Lo soy –Andreas volvió a besarla, tocándola con sabiduría para alargar el placer, mordiéndole el labio inferior mientras le apretaba los pezones con exquisita presión.

Y no hizo falta nada más para que Kayla experimentase otro orgasmo, familiar y nuevo al mismo tiempo. Después de un último pellizco la envolvió entre sus brazos, dándole una sensación de seguridad y calor en aquella galera de satisfacción sexual.

Capítulo 7

E L FUE el primero en apartarse, sin dejar de acariciar su cuello, inhalando profundamente como para llevarse su esencia.

–Así es, *pethi mu*, demuéstrame lo bien que encajamos.

Ella apoyó la cabeza en su torso, acalorada y experimentando una inapropiada sensación de bienestar.

–Eres muy malo para mi autocontrol.

–Siempre decías que era muy afectuoso, pero sabía que no podía tocarte sin romper nuestra amistad –dijo él, como una dolorosa admisión–. Y no la rompería por nada del mundo.

Cuando por fin consiguió apartarse, rozó su dura erección sin querer.

–Tú te has quedado a medias.

–Puedo esperar.

¿Cuántas veces había dicho eso seis años antes? Había convertido el autodominio en un arte y en un trampolín para sus múltiples orgasmos. Andreas era un macho alfa sexual, primitivo.

–Estás provocándome –lo acusó.

–De la mejor manera posible –bromeó él.

Un golpecito en el cristal la alertó de que habían llegado a su destino. Kayla se apartó y miró, avergonzada, las ventanillas tintadas que los separaban del conductor y de las miradas de los curiosos.

–¿Y esto por qué? ¿Porque, según tú, voy vestida de un modo sexi?

Él negó con la cabeza.

–Porque cuando me he dado cuenta de que podía perderte he sentido la necesidad de reclamarte de un modo primitivo.

–Acabas de admitir que eres un neandertal.

–A lo mejor soy más griego de lo que pensaba, pero a ti te ha gustado.

Ella nunca le había confesado su amor. Nunca le había dicho que estaba enamorada de él y nunca lo haría porque, si lo hiciera, Andreas Kostas desaparecería de su vida. Y, a pesar de su enfado, no era eso lo que quería.

El puente de Brooklyn era más impresionante de cerca, pero ver a Kayla enamorarse de ese pedazo de historia era aún más satisfactorio para Andreas.

No entendía por qué había tardado tanto en encontrar una solución para su problema. Él no solía ser tan lento. Su única excusa era que consideraba a Kayla su mejor amiga y había estado ciego a otras posibilidades. Además, centrado en demostrarle a su padre y al resto del clan Georgas que podía tener éxito sin ellos, no se había dado cuenta de que ese objetivo encajaba con otro que le importaba aún más: mantener a Kayla Jones en su vida.

–Es asombroso –dijo ella, mientras tecleaba algo en su móvil–. El ingenio del diseño, la estética.

–¿Quieres que te haga una fotografía?

–Hay mucha gente.

–Esperaremos lo que haga falta.

El móvil de Kayla sonó en ese momento y ella esbozó una sonrisa mientras tecleaba una respuesta. Caminaron sobre el puente, parándose de vez en cuando para hacer fotografías... y Kayla seguía tecleando en su móvil. Andreas empezaba a impacientarse. ¿Con quién estaba chateando?

Cuando llegaron al centro del puente, ella le dio su teléfono.

–Hazme una foto.

El móvil seguía abierto en la aplicación de mensajes de texto...

¡Estaba chateando con el maldito actor! ¿Quién más podía ponerse *Broadway* como nombre de usuario?

Otro hombre habría salido de la aplicación, pero el respeto de Andreas por los límites llegaba hasta un punto. También ella había leído sus mensajes muchas veces. Si no quería que leyera los suyos, debería haber cerrado la aplicación antes de darle el teléfono.

Andreas desplazó la pantalla para leer la conversación.

Broadway: Mi hermana me ha enseñado una fotografía muy apasionada.

Chica-cifrada: Tu hermana debería meterse en sus asuntos.

Broadway: Parece que tu jefe y tú sois amigos de nuevo.

Andreas sonrió para sí mismo. El viaje en taxi había ido mejor de lo que esperaba, pero la pasión entre ellos siempre había sido incendiaria. Tanto que había tenido que hacer un esfuerzo para no pedirle al conductor que los llevase al hotel.

Chica-cifrada: Parece que nunca hemos dejado de serlo.

Bueno, al menos admitía que su relación era importante para ella.

Broadway: Qué tierno.

Chica-cifrada: No te rías.

Broadway: Mi hermana está enfadada contigo.

Chica-cifrada: Andreas tampoco está muy contento contigo.

Broadway: Tal vez deberíamos cenar los cuatro juntos.

–¡De eso nada! –gritó Andreas sin poder evitarlo.

Kayla lo agarró por la muñeca.

–¿Qué haces? ¿Estás leyendo mis mensajes?

–No vamos a cenar con Jacob y su hermana. Yo no tengo el menor interés por ella y tú no estás interesada en Jacob.

–¿Estás seguro? Yo creo que ella cumple todos los requisitos de Genevieve.

–Te he dicho que Genevieve y sus requisitos ya no cuentan. Y tú no estás interesada en ese actor –insistió Andreas. Necesitaba que se lo confirmase y, después de lo que había pasado en el coche, no debería ser tan difícil.

–¿Y tú qué sabes?

–No te interesa.

La pequeña provocadora soltó una risita.

–Es verdad, Jacob no me interesa –le dijo, poniendo un dedo sobre sus labios–. ¿Nos hacemos un *selfie*?

Andreas le pasó un brazo por los hombros, apretándola contra su costado, y Kayla tuvo que contener un suspiro. Esa actitud tan posesiva no conseguía disipar la sensación de irrealidad y los mensajes de un simpático desconocido parecían su único lazo con el planeta Tierra.

–Vamos a DUMBO –dijo Andreas después–. De compras –añadió, sabiendo que ese sería un buen argumento porque a Kayla le encantaba ir de escaparates.

DUMBO resultó ser un distrito asombroso, lleno de viejos almacenes de ladrillo convertidos en tiendas y restaurantes. Algunas de las calles eran adoquinadas, con vías de antiguos tranvías.

Entraron en una librería y Andreas se perdió en la sección de bricolaje, su placer oculto. Leía esos libros como Kayla leía novelas románticas, con intensa fascinación y sin ninguna esperanza de vivir esa experiencia. Andreas Kostas estaba demasiado ocupado conquistando el mundo como para montar una mesa y ella no se veía a sí misma consiguiendo un final feliz con el hombre de sus sueños.

Su teléfono emitió un pitido.

Broadway: No has respondido.

Chica-cifrada: A Andreas no le apetece.

Pensó que Jacob lo entendería. Después de todo, había conocido a Andreas.

Broadway: Parece que Andreas está buscando algo más que una amistad.

Kayla suspiró mientras se sentaba en una silla.

Chica-cifrada: No sabe lo que quiere.

Pero estaba segura de que Andreas quería sexo. Un sexo ardiente y extremadamente satisfactorio.

Broadway: Yo creo que sí lo sabe. ¿Y tú?

Kayla se quedó pensativa un momento. ¿Sabía lo que quería? En general, sí. Quería mantener su sitio en KJ Software, quería a Andreas en su vida. Podía admitir eso. Pero... ¿podía acostarse con él?

Broadway: Ese silencio tal vez sea tu respuesta.

Chica-cifrada: ¿¿¿???

Broadway: Eso que no te atreves a decir.

Chica-cifrada: Eres bastante listo.

Broadway: ¿Solo bastante?

Chica-cifrada: Narcisista.

Broadway: Oye, mi ego se llevó un golpe por culpa de cierto griego.

Chica-cifrada: Lo siento.

Broadway: No lo sientas. Vamos a ser buenos amigos.

Kayla sonrió, la verdad era que estaban a medio camino de serlo.

Chica-cifrada: A Andreas no le gustará.

Broadway: Mejor.

Chica-cifrada: Eres un liante.

Broadway: Puedo serlo.

Ella soltó una risita, pero, cuando levantó la mirada, Andreas estaba delante de ella, observándola con expresión seria.

Broadway: Pero no cometas el error que yo cometí.

Chica-cifrada: ¿Qué error es ese?

Broadway: Temí arriesgarme con una amiga.

Decían que los mensajes de texto no transmitían emociones, pero había un mundo de emoción tras las palabras de Jacob.

Chica-cifrada: ¿Qué pasó?

Broadway: Perdí a una gran amiga y la oportunidad de que fuese algo más.

–¿Más mensajes de Jacob?

Considerando el rictus de su boca y la tensión de su postura, el tono de Andreas era sorprendentemente templado.

–Sí, espera un momento.

Chica-cifrada: Lo siento. Eres un buen tipo.

Broadway: Tengo mi carrera.

Pero no era suficiente o no le aconsejaría que se arriesgase con Andreas. Kayla entendía la soledad.

–Saluda a Jacob de mi parte –dijo Andreas–. Venga, vamos, tenemos más cosas que ver.

–No seas antipático. Estoy en medio de una conversación.

–Como tú misma has dicho, estamos de vacaciones.

–*Yo* estoy de vacaciones y tú... la verdad, no sé qué haces aquí.

–Pensé que ya lo había dejado claro: estoy aquí hasta que vuelvas a casa. Por lo tanto, los dos estamos de vacaciones y vamos a montar en el carrusel.

Riéndose, tiró de ella para subir a la plataforma y la ayudó a montar sobre uno de los caballitos. Se quedó a su lado, con un brazo en su cintura, y el cuerpo de Kayla reaccionó inmediatamente. Su corazón latía con tal fuerza que apenas oía la música de los altavoces. El deseo, que había creído saciado en el coche, volvió a la vida de repente. Se sentía abrumada por su proximidad, por su aroma, ese aroma almizclado que solo significaba una cosa para ella: Andreas Kostas.

–¿Lo estás pasando bien, *Kaylamor*? –le preguntó, rozando su muslo con el pulgar.

–Sí.

–Eso suena prometedor –murmuró él, inclinándose para rozar su oreja–. Me encanta el olor de tu pelo.

–Es aceite de coco.

–Eres tú. Y te equivocas sobre algo que has dicho antes.

–¿Qué?

–Has dicho que no tienes a nadie en quien confiar, pero no es verdad, Kayla. Desde hace ocho años me tienes a mí.

Después de tal afirmación, Andreas dio un paso atrás.

Capítulo 8

EL CARRUSEL se detuvo y Andreas la ayudó a bajar del caballito.

–A mi madre le encantaba el carrusel de Pórtland. Solía llevarme cuando era niño.

Kayla se encontró hipnotizada por los ojos verdes y por ese destello de su infancia, antes de la debacle con los Georgas que parecía definir su carácter.

–¿Seguro que era a tu madre a quien le gustaba el carrusel? –bromeó.

La sonrisa de Andreas era tan especial que la dejó sin respiración.

–Puede que fuera a mí, pero tendrás que guardarme el secreto.

–Tus secretos están a salvo conmigo –dijo ella, mirándolo a los ojos.

–¿Incluso la intransigencia con mi familia?

–Incluso eso.

–¿Quieres buscar a tu familia? –le preguntó Andreas entonces.

Kayla se lo había preguntado muchas veces, pero aún no tenía una respuesta, de modo que permaneció en silencio mientras bajaban del carrusel.

–No lo sé –dijo por fin–. Mi madre me abandonó en un bar de carretera cuando tenía tres años. ¿Por qué haría algo así? No era una recién nacida y nadie me adoptó.

–Lo sé.

–Podría haberme encontrado a través del Departamento de Servicios Sociales hasta los dieciocho años.

–La mujer que te trajo al mundo es un caso perdido –admitió Andreas–. Pero podrías tener más familia.

–Si tuviese abuelos, tíos o primos, ¿no me habría dejado mi madre con ellos?

–No lo sé, Kayla. Tal vez tu madre no le contó a nadie que había tenido una hija. Tus abuelos o tus tíos podrían ser personas decentes.

O podrían ser como la mujer que la abandonó. Por eso no había contratado a un investigador privado, por el miedo al rechazo.

–Tus parientes también podrían ser personas decentes.

–A mí me da igual –dijo Andreas–. No quiero saber nada de la gente que rechazó a mi madre.

–¿Crees que lo han lamentado alguna vez? Debieron de lamentarlo cuando murió.

Él sacudió la cabeza con expresión intolerante.

–Tienes un corazón demasiado tierno para ser una friki de la informática.

–Ya, bueno –murmuró Kayla. Ella no era una pusilánime, pero tampoco una cínica.

–Mi madre quería que sus padres vinieran a Estados Unidos para conocerme, pero ellos se negaron. Solo estuvieron dispuestos a conocerme cuando Georgas me reconoció como su hijo legítimo.

–Y tú te negaste.

–Naturalmente. Mi padre quería que los conociese solo como una forma de salvar las distancias entre nosotros.

–Pero nunca se le ocurrió preguntarte lo que tú querías hacer.

—Yo quería volver a Estados Unidos y usar el apellido Kostas, nada más.

—Pero él quería hacerte su heredero –dijo Kayla.

—Yo no necesito su dinero.

—¿Y quién va a ser su heredero?

—No tengo ni idea, pero tiene primos carnales.
Puede elegir al que quiera.

—¿Seguro que vino a buscarte solo porque quería
un heredero?

—Yo soy su único hijo y, para un hombre griego
como él, eso es lo más importante –respondió Andreas con tono despectivo.

—Sé que estás convencido y no voy a decir que tu
padre sea un buen tipo, pero tú estabas llorando la
muerte de tu madre cuando Barnabas apareció en tu
vida, dispuesto a conseguir lo que quería. Era un monstruo arrogante, sí, pero también podría ser un hombre
desesperado por conocer a su hijo.

—Un hijo que no había querido tener.

—Y seguramente lo lamentó mucho.

—¿Por qué crees eso?

—Porque podría haberte aplastado como a un mos-
quito y no lo ha hecho.

Si Barnabas Georgas hubiera querido aplastar KJ
Software antes de que se hiciesen un nombre, podría
haberlo hecho. No había hecho nada para evitar su
éxito. Tal vez esperaba que Andreas volviese a Grecia
para ser su heredero, o tal vez solo quería que su hijo
fuese feliz.

—¿Cómo te trataba su mujer?

—Era muy amable –Andreas se encogió de hombros–. Pensé que me odiaría, pero no fue así. Y tampoco odiaba a mi padre.

—¿Por qué iba a hacerlo?

–Porque la engañó con mi madre –respondió Andreas, perplejo.

–¿Crees que solo la engañó con ella?

–No lo sé, no tengo ni idea.

Por primera vez en varias horas, Andreas sacó su móvil del bolsillo para enviar un mensaje.

–Estoy pidiendo un coche –le explicó cuando Kayla lo miró con expresión interrogante.

–¿El mismo conductor? –preguntó ella, temiendo enfrentarse con alguien que sabía lo que habían hecho en el coche unas hora antes.

–No lo sé, pero te has puesto colorada.

–No deberías comentarlo.

–No sabía que hubiese una regla.

Kayla sacudió la cabeza.

–¿Por qué piensa todo el mundo que soy yo la inadaptada?

–Porque no reconoces ciertas convenciones sociales. Yo las ignoro.

–¿Y por eso está bien? ¿Tú puedes hacerlo, pero yo no?

–Yo nunca he considerado tus rarezas como un defecto y tú siempre has tolerado mi impaciencia con las convenciones sociales.

–El resto del mundo dice que tú eres normal, pero yo no.

–El resto del mundo me da igual.

Un coche negro se detuvo a su lado entonces, interrumpiendo la conversación y, por suerte, conducido por otro hombre. Andreas subió la ventanilla que los separaba del conductor y a Kayla se le aceleró el corazón.

–No, de eso nada. No vamos a hacerlo otra vez –le advirtió.

–¿A qué te refieres? –le preguntó él, con un brillo burlón en los ojos verdes.

Kayla miró a su alrededor, pero no había nada que la ayudase a ignorar a Andreas o a controlar la tormenta de emociones que provocaba en su interior.

–No te hagas el inocente, no te sale bien.

–Porque dejé atrás la inocencia hace mucho tiempo.

En aquella ocasión, el beso no la sorprendió. Sabía que iba a besarla, lo había sabido antes de cruzar el puente y no se apartó porque no tenía sentido. Quería que la besara, quería aquel momento, aquella sensación.

Quería a Andreas.

La conflagración que provocó el roce de sus labios hizo que todos los argumentos racionales en contra se esfumasen y Kayla decidió experimentarlo todo, cada asombrosa chispa de deseo, cada estremecimiento de delirio sensual. Iba a gozar de cada momento porque conocía el frío de la soledad. Ella sabía lo que eran años de deseo y anhelo frustrados. Conocía el dolor del amor no correspondido, del deseo no saciado y casi había olvidado lo que era la satisfacción sexual.

Se había pasado casi toda la vida deseando cosas que no estaban a su alcance, llorando abandonos que nunca había podido controlar, y estaba decidida a aprovechar lo que Andreas quisiera darle, aunque fuese algo temporal.

Aquella vez no solo se agarró a él mientras se besaban, sino que exploró su cuerpo, redescubriéndolo de una forma visceral, tocando cada músculo, buscando los rincones que sabía le daban placer. Esbozó una sonrisa de triunfo al notar que contenía el aliento. Sí, aún era capaz de encender a aquel hombre, el único hombre que le importaba.

Cuando puso la mano sobre su rígido miembro la reacción fue eléctrica. Andreas emitió un rugido profundo y sonoro.

–Cuidado, *pethi mu*. No llegaremos a la próxima atracción turística si sigues haciendo eso.

–Si le has dado al conductor una dirección que no sea el hotel, Andreas Kostas... –lo amenazó ella, apretando su miembro– infectaré todos tus aparatos electrónicos con un virus irreparable.

No era una amenaza infundada. Había conectado su *smartphone* a su *tablet*, que a su vez estaba conectada con el ordenador y con el sistema que controlaba la calefacción, la electricidad y la alarma de su casa. Podría convertir su vida en un infierno.

Su risa ronca decía que, a pesar de la severidad de la amenaza, Andreas no estaba preocupado.

–¿Crees que lo digo en broma?

–No, *Kaylamor*, estoy seguro de que lo harías –dijo él, atrapando su mano–. Nunca he disfrutado tanto de las caricias de una mujer.

–No seas zalamero, Kostas. No estoy de humor para bromas.

–¿Estás exigiendo que volvamos al hotel para hacer el amor?

Ella lo fulminó con la mirada, pero sabía que estaba riéndose de sus anteriores negativas y exigiendo que lo dijese en voz alta.

–¿Y tú estás diciendo que preferirías hacer otra cosa?

–No –respondió Andreas, poniéndose serio–. Nada me gustaría más que eso.

–¿Y las atracciones turísticas?

–No me interesan nada.

–Puedes ser muy irritante, Dre.

—Tengo mucha suerte de que me soportes —dijo él, tomando su cara entre las manos—. Sé lo afortunado que soy de tenerte en mi vida. Siempre lo he sabido.

—Dices tonterías.

—Porque tú no ves el mundo como lo veo yo.

Eso desde luego. Los dos habían sufrido, pero Andreas siempre había tenido una red de seguridad, aunque no se daba cuenta. Y esa red le permitía ver el mundo de un modo diferente. Por eso era capaz de decir que la necesitaba, aunque estaba haciendo planes para una vida en la que ella tendría un papel mucho más pequeño.

Pero no quería pensar en el futuro en ese momento. Cuando volviesen a Pórtland, él tenía un mundo de capital riesgo que conquistar, una esposa que encontrar, con o sin celestina, y con un poco de suerte ella seguiría teniendo KJ Software y el refugio para niños que había fundado.

No era todo lo que quería, pero tendría que conformarse. Además, estaba de vacaciones, qué demonios, y pensaba volver a casa con recuerdos. Unos recuerdos que tendrían que durarle una vida entera.

—Entonces, ¿volvemos al hotel? —le preguntó.

—Sí, *pethi mu*. Volvemos al hotel, donde pienso poseer tu cuerpo hasta hacerte recapitular.

Si pensaba que un revolcón genial, aunque fuese el mejor del mundo, iba a convencerla para que dejase KJ Software y diera el salto a una empresa de capital riesgo, estaba muy equivocado.

Tras la decisión de volver al hotel para hacer el amor, los besos se volvieron más lánguidos, pero no menos devastadores, no menos catastróficos emocionalmente. Andreas la poseía con los labios, exigiendo que ella hiciera lo mismo.

Llegaron al hotel antes de lo que había esperado, pero no tan rápido como quería. Necesitaba el contacto piel con piel. Quería tocarlo sin impedimentos, anhelaba sentir las manos de Andreas por todo su cuerpo. Pero, cuando llegaron a la suite, él se detuvo un momento para mirarla con esos profundos ojos verdes.

—¿Qué pasa?

—Estoy pensando en lo guapa que eres.

Kayla resopló, incrédula.

—Tan guapa que no me has tocado en seis años.

—Ya te he explicado por qué.

—¿Y ya no te preocupa perderme si volvemos a acostarnos juntos? —le preguntó.

¿Qué estaba haciendo? ¿Estaba intentando convencerlo para que no hiciesen nada después de haber decidido que eso era lo que quería? No tenía sentido.

—Las circunstancias cambian.

Ya, claro. Iba a vender la empresa y ella ya no sería su socia. O tal vez esperaba convencerla en la cama para que dejase KJ Software y se fuera con él.

Kayla se quitó la chaqueta y contuvo el aliento al ver que clavaba los ojos en sus duros pezones, marcados bajo la camiseta. Siempre le había gustado cómo la miraba, casi como si estuviese acariciándola con los ojos.

Pero no era suficiente. Ella quería más, lo quería todo, y empezó a tirar hacia arriba de la camiseta.

—¿Te gusta lo que ves? —le preguntó, coqueta.

—Tú sabes que sí —respondió él, con voz ronca.

—¿Cuánto? —lo picó, tirando hacia arriba de la camiseta, provocándolo.

Andreas no esperó más. Se quitó la camisa y el pantalón con movimientos bruscos, revelando el duro sexo apenas contenido bajo los calzoncillos negros.

—Así.

Ella estaba sofocada. Sabía que se mantenía en forma en el gimnasio, pero sus anchos hombros, el esculpido torso y los abdominales como una tabla de planchar eran para marearse. Siempre había parecido más un guerrero que un empresario.

Seis años antes su cuerpo había sido el de un hombre joven, pero lo había llenado y en ese momento era sencillamente impresionante.

—Siempre me ha excitado cómo me miras, *Kaylamor* —dijo Andreas, con un tono tan profundo y ardiente como su mirada.

—Seguro que muchas otras mujeres te han mirado así.

—Nadie me ha mirado nunca con un deseo tan intenso. Tus ojos me queman.

Ella se levantó la camiseta un poco más, disfrutando del brillo de sus ojos, tan íntimo, tan sabio, casi como una caricia.

—A mí me pasa lo mismo.

—Lo sé —murmuró Andreas.

—Arrogante.

—La verdad no es arrogancia.

Kayla no tenía ganas de discutir. Solo tenía una cosa en mente y no era la semántica. Se quitó la camiseta lentamente porque sabía que eso lo volvería loco y el rugido que escapó de la garganta de Andreas fue muy satisfactorio.

—Nadie aprecia tu belleza tanto como yo.

—¿Estás diciendo que solo soy sexi para ti?

Kayla, que estaba quitándose el sujetador, hizo una pausa.

—Claro que no. Estoy diciendo que entre nosotros hay una química especial.

—Sí, es verdad —asintió ella mientras se quitaba el sujetador, sin dejar que la prenda cayera al suelo.

Andreas dio un paso adelante con las pupilas dilatadas de pasión y la mandíbula encajada.

—Lo que podrías tener con otro hombre sería una simple reacción, lo que hay entre nosotros es una explosión nuclear.

Ella no podía negarlo. Siempre había pensado que era así porque lo amaba. Él pensaba que entre ellos había una extraordinaria reacción química, pero daba igual por qué fueran tan explosivos, lo único que importaba era que estaban allí.

—Sí, Andreas —musitó mientras dejaba caer el sujetador.

Él masculló algo en griego antes de alargar una mano para acariciar sus pezones, haciéndole gemir de gozo.

—Tu cuerpo está hecho para el mío.

Había dicho eso muchas veces y ella, ingenua, lo había creído, pero ahora sabía que solo era una charla de cama.

Andreas se inclinó hacia delante para mordisquearle el lóbulo de la oreja, haciéndola temblar de deseo.

—*Pethi mu*, ¿qué tengo que hacer para que te quites ese pantalón tan sexi que se pega a tu trasero como una segunda piel?

—¿Quieres que me lo quite? —lo incitó, con un tono ronco de deseo. Aunque deseaba hacer el amor con él más que respirar, no podía ponérselo demasiado fácil porque ella nunca lo olvidaría.

—Claro que sí —Andreas le tiró del lóbulo de la oreja con los labios, enviando todo tipo de mensajes a sus terminaciones nerviosas.

Él nunca apreciaba nada que pudiese conseguir

con facilidad y Kayla estaba dispuesta a hacer que recordase aquella noche, su última noche juntos, como algo especial. Sería la mujer que se le había escapado, la única a la que no olvidaría nunca.

—Tú ya te has quitado el pantalón... y supongo que es lo más justo.

—Y tú eres una persona justa —dijo él, mientras pellizcaba sus pezones, apretándolos entre el pulgar y el índice.

Sonriendo, Kayla se bajó la cremallera del pantalón, pero no siguió adelante, encantada con el juego.

—¿Seguro que esto es lo que quieres?

—Sigue provocándome a tu propio riesgo —le advirtió Andreas mientras le acariciaba los pechos.

Kayla se apretó contra él, frotando su desnudo estómago contra el bulto que destacaba bajo los calzoncillos.

—Pero eso es lo que te gusta, mi querido Dre.

Él dejó escapar un gemido mientras apretaba posesivamente su cintura con las dos manos.

—Dilo otra vez.

—¿Quieres que te llame Dre?

—Sí.

A pesar de que él la llamase *pethi mu* y *Kaylamor*, ella nunca había usado ese apelativo cariñoso cuando estaban juntos por temor a revelar la profundidad de sus sentimientos, pero tal vez no quería seguir escondiéndose. Después de todo, esconder sus sentimientos no había logrado salvar la relación.

—Mi querido Dre. ¿Eso es lo que quieres? —murmuró mientras se quitaba el pantalón.

Luego dio un paso atrás, exhibiéndose y admirando al mismo tiempo el fabuloso cuerpo de Andreas. Por el brillo de sus ojos, clavados en sus pechos y en las braguitas de encaje de color salmón, le gustaba lo que veía.

—Sigues teniendo debilidad por Victoria's Secret —dijo él con un tono ronco muy sexi.

Kayla se encogió de hombros, un diablillo la empujaba a provocarlo.

—Tal vez Jacob me ayudó a elegirlas.

Capítulo 9

LA BROMA de Kayla recibió una respuesta totalmente inesperada. El sonido que escapó de la garganta de Andreas era algo primitivo, iracundo, a juego con las chispas de sus ojos verdes. Cruzó la habitación a tal velocidad que Kayla no tuvo tiempo de prepararse antes de que la tomase en brazos para llevarla al dormitorio.

–Dime que no es verdad –musitó Andreas.

–Claro que no es verdad. Pero ¿esperas que yo sea casta mientras tú buscas a la esposa perfecta?

–No –respondió él mientras la dejaba sobre la cama y pasaba un dedo por la cinturilla de las bragas–. Qué bonitas son. No las compraste ayer.

–Tengo este conjunto desde hace años. Tú eres el único hombre que lo ha visto –Kayla tomó su mano y la puso sobre su monte de Venus–. El único que lo ha tocado.

–Estupendo –dijo él, presionando hacia abajo y produciéndole un estremecimiento de deseo–. No te puedes imaginar cuánto me gusta saber eso.

–Tú no has estado solo estos seis años.

–Y tú tampoco.

Kayla no respondió. En realidad, era como si lo hubiera estado.

–He estado demasiado ocupado levantando la empresa como para acostarme con tantas mujeres como dicen las revistas –musitó Andreas mientras introducía un dedo bajo la cinturilla de las bragas–. Tú lo sabes.

Kayla apartó la mirada. De modo que no se había acostado con todas las mujeres de Pórtland. Estupendo, pero eso no hacía que se sintiera mejor sobre las mujeres con las que sí se había acostado.

–Menudo consuelo –dijo, sin embargo.

Él presionó sus labios vaginales, acariciando la húmeda piel y haciendo una suave espiral sobre su clítoris, provocándole sensaciones intensas.

–Oye, *pethi mu*, eres tú quien está aquí ahora. Y yo estoy contigo, eso es lo único que importa.

Kayla miró los ojos de color esmeralda con el corazón tan acelerado que lo sentía latiendo en la garganta.

–¿Ah, sí?

Andreas interrumpió la conversación con un beso y, de repente, las bragas desaparecieron. Así como los calzoncillos de Andreas. El rígido miembro rozaba su cadera mientras le daba un placer que no había experimentado en seis largos años.

Todo era más potente y sensual de lo que recordaba. El roce de su cuerpo desnudo enviaba descargas eléctricas directamente a su útero. Sus pezones rozaban el vello del torso masculino, provocándole un deseo incontenible. Los segundos se convirtieron en minutos y Kayla anhelaba tener a Andreas dentro de ella.

–Dime que estás limpio –le pidió en uno de sus últimos momentos de lucidez.

–¿Qué?

–Que estás limpio, dímelo.

Andreas siempre había sido precavido y eso no

habría cambiado en los últimos seis años, con mujeres que no significaban nada para él.

—Tengo los resultados de la última prueba en el móvil.

—Yo también.

Ella nunca había mantenido relaciones sexuales sin un control de seguridad, ni siquiera la primera vez con Andreas. Ningún placer, por abrumador que fuese, merecía arriesgar la vida.

Haciendo un esfuerzo, Andreas se levantó para busca su móvil y le mostró el resultado de la prueba. Todo bien, como ella esperaba. Sonriendo, Kayla tomó su móvil y abrió la aplicación. Se hacían las pruebas en la misma clínica, aunque no con el mismo médico.

—No tenía la menor duda —dijo Andreas después de leer el resultado.

—Ahora, por favor, ¿te importaría hacerme el amor? —le espetó ella, tal vez demasiado petulante.

—¿Quieres tenerme dentro?

—Ahora mismo.

—Ayer me habrías tirado el teléfono a la cabeza si hubiera sugerido jueguecitos en la cama.

—Menos hablar, más tocar —insistió ella.

Por fin, Andreas volvió a la cama y el roce de su duro sexo en su carne hinchada y húmeda la hizo gemir de placer. Casi había olvidado lo maravilloso que era. ¿Y cómo podría haberse conformado con menos?

—No quiero usar preservativo —dijo él entonces, un poco avergonzado, pero sobre todo encendido.

El cerebro computarizado de Kayla hizo un rápido cálculo. El riesgo de embarazo era bajo, pero Andreas tenía que saber algo.

—Yo no tomo la píldora.

—Es tu decisión, *Kaylamor*.

Nunca habían hecho el amor sin preservativo porque él no quería arriesgarse.

—Sí —le dijo.

—¿Estás segura?

—Del todo.

Andreas asintió con una expresión cargada de primitivo deseo. Sin decir nada, empezó a entrar en ella lentamente, centímetro a centímetro, uniendo sus cuerpos con un placer tan intenso que Kayla sintió que la realidad desaparecía.

La falta de esa pequeña barrera no debería marcar tal diferencia, pero así era. Nunca lo habían hecho así, nunca había sido tan íntimo y sentía esa conexión con él hasta el fondo de su alma. Pero en ese momento de unión supo que dejarse llevar por el deseo había sido el mayor error de su vida porque nunca podría dejar de amar a aquel hombre.

Nunca podría amar a ningún otro como amaba a Andreas Kostas, el dueño de su corazón y de su cuerpo. Y, lo supiera él o no, ella era dueña del suyo. No se engañaba a sí misma pensando que era algo permanente, pero sí algo profundo para los dos. El brillo de sus ojos le decía que aquello también era importante para Andreas.

Andreas empezó moviéndose despacio, provocándole un placer intenso, diferente e increíblemente especial, pero de repente sus embestidas se volvieron despiadadas y frenéticas, con sus cuerpos encontrándose con el mismo fervor y apasionado deseo mientras sus almas se enredaban en una unión espiritual que no podría experimentar con ningún otro hombre.

Estaba a punto de llegar al orgasmo y sentía chispas de electricidad vibrando sobre su piel mientras él le decía al oído que era la mujer más sexi del mundo, la mejor amante, que nunca había sentido nada así.

–Eres tan preciosa cuando tienes un orgasmo, *pethi mu* –murmuró Andreas mientras levantaba sus caderas con las dos manos para cambiar de postura.

–Me encanta lo que me haces –susurró ella, haciendo un esfuerzo para contener las palabras que querían escapar de su boca porque sabía que él no querría una declaración de amor.

Sus embestidas le provocaron una sobrecarga sexual y Kayla se dejó ir, el orgasmo fue como un cataclismo que no podía contener, como no podía contener su amor por él.

–¡Andreas!

–Eso es, *Kaylamor*. Mía... eres mía.

Cuando sintió el calor de su descarga por primera vez, Kayla experimentó un segundo clímax, con su cuerpo respondiendo a esa perfecta sensación. Mientras ella se desmoronaba por segunda vez, Andreas cayó sobre su pecho, estremecido. Había sido una experiencia extracorpórea. El sexo debía ser algo fácil, relajante, sexi, pero nada especial. Sin embargo, no era así con Kayla. Había tenido otras amantes, pero ninguna podía excitarlo como ella.

El orgasmo le había acelerado el corazón y una palabra se repetía en su cabeza una y otra vez: «Mía».

Era suya, Kayla tenía que verlo. Tenía que darse cuenta de que aquello era inevitable. Él lo veía por fin. Había tardado seis años, pero al fin lo había entendido.

Kayla tenía que ser suya. No solo su socia, no solo su mejor amiga, sino la mujer que haría realidad sus planes de futuro.

Ella dejó escapar ese gemido que siempre lo había vuelto loco.

—Andreas...

Nada más, solo su nombre, pero en un tono... con esa expresión saciada en su hermoso rostro de color café con leche. Tenía que convencerla de que debían unir sus vidas. Seis años antes le había hecho ver que tenían que asociarse, ahora la convencería de que el matrimonio era el paso más lógico. Porque no estar en la vida del otro sería imposible.

Andreas empujó las caderas para exprimir hasta la última gota de placer. Su satisfacción era tan profunda que tuvo que contener un rugido.

—Esto es fabuloso, *Kaylamor*. Admítelo.

Ella dejó escapar un gemido, mirándolo con esos preciosos ojos grises.

La besó entonces, exigiendo la conformidad de su cuerpo con los labios. El beso fue sorprendentemente apasionado considerando que acababan de hacer el amor y los dos habían terminado de una forma espectacular.

Pero no estaba saciado del todo, seguía rígido a pesar del clímax y empezó a mover las caderas de nuevo. Tomándose su tiempo, alargando el placer, frotando sus cuerpos mientras entraba en su aterciopelado calor con un ritmo tan antiguo como el tiempo, pero que parecía algo nuevo, solo para ellos.

Kayla lo acariciaba por todas partes, sabiendo por instinto qué le daría placer. Se apretaba contra él como si quisiera derretirse, hundirse en su cuerpo.

Su deseo por él era un afrodisíaco.

En aquella ocasión, cuando llegó al clímax le clavó las uñas en la espalda y él gozó de ese ligero dolor mientras terminaba dentro de ella, sabiendo que aun-

que pequeña, había alguna posibilidad de que se quedase embarazada. Saber eso aumentaba su ardor y un
grito primitivo escapó de su garganta.

Era suya.

Andreas sonrió al ver que cerraba los ojos. Kayla
solía dormir durante unos minutos después del sexo y
él pasaba ese tiempo mirándola. Había algo íntimo en
ese ritual, algo personal, algo solo suyo. No sabía
cuánto había echado de menos mirarla dormir, pero
algo se desató en su interior cuando ella le mostró tal
confianza.

Sonriendo, puso una mano posesiva sobre su estómago, imaginándose a una niña de negro pelo rizado
y ojos grises como su madre.

Kayla durmió unos diez minutos y se despertó dejando escapar un perezoso suspiro.

—Sigues aquí —murmuró, mirándolo con los ojos
nublados.

—Es mi cama —le recordó Andreas. La había llevado allí a propósito, pero no sabía si ella había entendido esa declaración de intenciones.

—Pero te has quedado y no siempre lo hacías. Me
sorprende que no estés en la ducha.

—Esto es mucho más agradable que una ducha
—dijo él, haciéndole un guiño mientras la levantaba de
la cama.

—Oye, ¿qué haces?

—Llevarte a la ducha.

—Puedo ir solita.

—No lo dudo —dijo Andreas, abriendo la puerta del
baño con el hombro.

La ducha era casi tan grande como la de su ático de
Pórtland, con suficiente espacio para dos personas...
especialmente si no les importaba estar muy cerca. Y

–Tú tienes tus planes –dijo Kayla, encogiéndose de hombros.

–Unos planes que incluyen casarme y formar una familia. Y creo que hay una solución muy sencilla para nuestro problema.

–¿Ah, sí? ¿Y cuál es esa solución tan sencilla?

Se mostraba escéptica, pero él demostraría que su habilidad para resolver problemas estaba a la altura de las circunstancias.

–Cásate conmigo.

Capítulo 10

ATÓNITA, Kayla tuvo que sujetar la toalla contra su pecho, a punto de dejarla caer al suelo de la impresión.

–¿Qué has dicho? –exclamó.

–Es lo más lógico –dijo Andreas tranquilamente.

Incluso tapado con el albornoz seguía siendo un riesgo para su equilibrio mental. Si esa proposición no fuese tan sorprendente, su proximidad habría hecho que perdiese la cabeza. Andreas Kostas como amigo era peligroso para su cordura, pero tan cerca, y medio desnudo, era pura kriptonita.

–No hablas en serio –le espetó, envolviéndose en la toalla y mirándolo casi con odio por hacerla albergar esperanzas.

–Nunca he hablado más en serio.

–Pero Genevieve nunca me aprobaría como esposa.

–La he despedido.

–Esa no es la cuestión.

–Pues claro que sí –dijo él, apretando sus manos y seduciéndola con su calor.

–Tú no quieres casarte conmigo.

Si quisiera, lo habría hecho seis años antes, ¿no? Por fin había visto la verdad de su relación y Andreas no podía ponerlo todo patas arriba de repente.

–Claro que quiero. Y casarte conmigo también sería bueno para ti.

–No tiene sentido.

–¿Cómo que no? Ya somos una familia, esto sencillamente lo haría oficial.

–Pero tú querías una casamentera que te buscase la esposa perfecta.

–Tú cumples todos los requisitos.

–¿Qué requisitos? –le espetó ella.

–O preferencias, como quieras llamarlo.

–Yo no tengo una posición social ni pertenezco a una familia de clase alta.

No tenía familia en absoluto, excepto él aparentemente.

Andreas se levantó y volvió un momento después con el móvil en la mano.

–Mira, está todo aquí.

En la pantalla había un cuestionario de la empresa de Genevieve: tres preferencias para una futura esposa. Andreas había hecho una lista corta, sucinta, práctica.

Debía tener una carrera universitaria, debía querer tener hijos y no debía ser griega.

–¿Por qué no quieres una mujer griega?

–Cuando estaba en Grecia, obligado a vivir con mi padre, obligado a usar su apellido, obligado a tantas cosas, me decían una y otra vez que algún día me casaría «con una buena chica griega», alguien que llevaría con orgullo el apellido Georgas.

Había tanto dolor en su voz que Kayla metió una mano bajo el albornoz para ponerla sobre su corazón.

–Tu madre era una buena chica griega.

–Lo sé, pero Barnabas Georgas no estaba dispuesto a reconocer eso, ni que él fue el culpable de que su familia la repudiase.

–Así que estás decidido a no darle esa satisfacción.

–Así es.

–No buscas a alguien que tenga una posición social.

–No, claro que no. Así es como mi padre mide el valor de la gente, pero yo no.

–Yo puedo ser muy sentimental –le recordó ella.

–Eres eminentemente práctica –dijo Andreas, suspirando–. Cuando no te vas a Nueva York y te niegas a decirme dónde estás, claro.

–Tengo emociones, Andreas. Y soy capaz de amar.

Sabía que su problema con las convenciones sociales solía ser interpretado como una carencia de sentimientos cuando era todo lo contrario.

–Ya lo sé. Y por eso sé que querrás mucho a nuestros hijos.

Kayla se abrazó las rodillas, sintiendo una esperanza que llevaba seis años intentando reprimir.

–Quiero adoptar a un niño de acogida.

–Lo sé.

Le había hablado de ese sueño seis años antes, pero pensó que lo habría olvidado.

–¿Eso no sería un problema para ti?

–No. Aunque espero que también estés dispuesta a tener hijos con nuestro ADN. Quiero que Melia Kostas viva en mis hijos.

Era una afirmación tan sentimental que Kayla se quedó sorprendida.

–He hecho cálculos y las posibilidades de un embarazo durante este momento de mi ciclo son bajísimas.

–Ahí está tu parte más práctica –dijo Andreas, esbozando una sonrisa.

–No te rías de mí.

–No me río de ti, *pethi mu*. Aunque solo sea una entre mil, sigue habiendo una posibilidad y no habrías hecho el amor sin preservativo si no estuvieras dispuesta a tener hijos conmigo.

Kayla lo miró, pensativa.

–¿Tratarías a todos nuestros hijos por igual?

Su respuesta importaba lo suficiente como para rechazarlo si decía que no y Andreas lo sabía. Kayla había pasado toda su infancia con familias de acogida, sintiendo que no tenía sitio. Él nunca permitiría que sus hijos pasaran por eso.

–Cualquier niño que llevemos a nuestra casa, cualquier niño que me llame papá disfrutará de toda mi protección, mi apoyo y mi cariño –respondió, apretando su mano–. Adoptado o engendrado por nosotros, da igual. ¿Cómo puedes dudarlo?

A Kayla se le derritió el corazón. Era lógico que hubiese amado a aquel hombre desde el día que lo conoció.

–No, la verdad es que no lo dudo.

–Me alegro.

Kayla quería rendirse, pero seguía preguntándose si aquello era real.

–¿Por qué ahora? ¿Por qué no hace seis años?

–Hace seis años no estaba preparado para casarme.

–Y ahora sí.

–Ha llegado el momento.

Sus palabras le recordaron que no estaba pidiéndole en matrimonio como un gesto romántico, sino porque quería demostrarle a su padre que Andreas Kostas era tan bueno o mejor de lo que hubiera sido como Andreas Georgas.

Y, si ella decía que no, encontraría otra esposa.

–Venga, *Kaylamor*. Casarte conmigo te daría la

seguridad que tanto necesitas. Así siempre sabrás que tienes un sitio, el sitio que siempre ha sido tuyo, a mi lado.

Kayla creía en la sinceridad de sus palabras, pero Andreas siempre sabía qué decir para convencerla y no podía ponérselo tan fácil.

—El matrimonio no es un simple contrato. No sé si entiendes eso.

—¿De verdad es tan diferente?

—Sí lo es.

—Si tú lo dices... pero yo siempre cumplo mis promesas. Una vez que he firmado un contrato, lo cumplo a rajatabla.

Ella sabía que en los negocios y en la vida era un hombre íntegro, no podía negarlo. Pero ¿quién querría comparar su matrimonio con un simple contrato?

Al parecer, Andreas. Y a Kayla no le hacía mucha gracia.

—¿Qué tipo de promesas me harías? —le preguntó, para saber si entendía el compromiso del matrimonio. Lo que podría ser otro negocio para él, aunque al parecer de larga duración, era su vida y la oportunidad de tener la familia que siempre había añorado.

—Fidelidad, compañía, una familia. Será un matrimonio de verdad en todos los sentidos. ¿Cómo no iba a serlo?

—No lo sé, dímelo tú. Eres tú quien ha hablado de un contrato.

—Porque es lo único que conozco, lo único que entiendo.

Eso podía creerlo. Andreas nunca había entendido la desolación emocional que le había producido cuando rompió con ella seis años antes.

—¿Y el amor? —le preguntó.

–Mi madre amaba a mi padre, pero ese amor destruyó su vida –respondió él, con expresión disgustada.

–Pero no todas las relaciones terminan mal.

–Mi padre dice amar a su esposa, pero la engañó –Andreas sacudió la cabeza–. Yo nunca tendré una amante, te lo prometo.

–Hablas de integridad y compromiso, no de amor.

–Mi padre es un hombre íntegro en los negocios, pero cuando se trata de las emociones es un monstruo. Decía que me quería, pero nunca tomó en consideración mis deseos, mis necesidades o mis sentimientos. Estuvo a punto de destrozar mi vida como había destrozado la de mi madre porque el amor solo es una excusa para justificar su egoísmo y sus malas decisiones.

Kayla tragó saliva, con el corazón encogido.

–Yo no lo creo.

–¿Qué sabes tú del amor?

Esa pregunta fue como una bofetada. Kayla estuvo a punto de confesarle sus seis años de amor secreto, pero decidió guardárselo.

–Sé que acabas de prometer que querrías a nuestros hijos, a todos ellos.

–Eso es diferente –dijo él–. Melia Kostas me enseñó a querer a un hijo queriéndome a mí.

–¿Pero nunca podrías quererme a mí? –le preguntó Kayla.

–¿Eso importa? ¿Lo que hay entre nosotros no trasciende esas tonterías románticas? Aunque jurase amarte, un hombre podría dejarte a ti y a tus hijos como hizo mi padre, pero yo nunca te dejaré.

Ella tomó aire.

–Te daré la respuesta cuando estemos en Pórtland.

En lugar de enfadarse, Andreas asintió con la cabeza.

–Es lo que esperaba –murmuró, inclinando la cabeza para darle un beso en los labios–. Te conozco, *Kaylamor*, digas lo que digas –agregó, tirando del nudo de la toalla–. Hasta entonces, ¿por qué no exploramos los beneficios de unir nuestras vidas y nuestros cuerpos?

Ella no pudo responder porque estaba ocupada devolviéndole el beso. Hicieron el amor hasta la noche. Después, pidieron la cena al servicio de habitaciones y luego volvieron a la cama, como dos amantes insaciables que llevaban demasiado tiempo separados.

Al día siguiente, no le sorprendió que Andreas insistiera en acompañarla a su reunión con Sebastian Hawk, aunque no le hizo ninguna gracia.

–Tú no eres parte de este trato –le espetó, fulminándolo con la mirada.

–No pienso volver a dejarte sola en Nueva York.

–Qué tontería. Deja de intentar controlarme.

–No intento controlarte.

–Entonces, ¿por qué quieres ir a la reunión?

–¿Por qué te resulta tan difícil creer que quiero cuidar de ti? Tú eres una brillante diseñadora de software, *Kaylamor*, pero Hawk es un tiburón de los negocios.

–¿Como tú?

–¿No quieres tener un tiburón de tu lado?

–¿Debilitando mi posición? No, gracias.

–¿Crees que yo haría eso? Te doy mi palabra de que no sería así.

Kayla lo miró, pensativa. ¿Podía confiar en él? Si no era así, solo había una respuesta a su proposición de matrimonio.

—Muy bien, puedes venir, pero no intentes cargarte mi trato con Sebastian —le advirtió.

Sebastian Hawk ya estaba en el restaurante cuando llegaron y se levantó de la silla para estrechar la mano de Kayla.

—Me alegro de volver a verla, señorita Jones —la saludó, antes de volverse hacia Andreas—. No te esperaba.

—Andreas está convencido de que me comería —dijo ella, con su habitual franqueza—. Y, por favor, llámame Kayla. Las formalidades me ponen nerviosa.

Sebastian Hawk soltó una carcajada. Con su cálida sonrisa y sus atractivas facciones, era fácil entender por qué una princesa árabe dejaría a su formal prometido para casarse con aquel hombre.

—Entonces, dejémonos de formalidades. Llámame Sebastian.

—Deja de coquetear, Hawk. A tu mujer no le haría gracia —le espetó Andreas.

—Lina entiende la diferencia entre un coqueteo y una amable conversación, amigo mío —bromeó Hawk, volviéndose hacia ella—. Estoy encantado de que quieras quedarte en KJ Software. En mi opinión, tú eres la razón por la que vuestro software de seguridad está tan por encima de otros en la industria.

—Pero quiere algo más que quedarse —intervino Andreas—. Quiere mantener sus intereses en la compañía.

—¿Por qué? —le preguntó Sebastian, frunciendo las cejas—. Si me permites comprar tus acciones, serías rica.

—No se trata de dinero —dijo ella. No había pensado

en cómo explicarle su deseo de seguir siendo accionista de KJ Software, pero no le apetecía desnudarle su alma.

–¿No es eso?

–Kayla tiene un gran apego a la empresa. Al contrario que yo, no quiere empezar una nueva aventura.

–¿No te gustan los cambios?

–¿Tú venderías tu empresa? –le preguntó ella.

Sebastian esbozó una sonrisa.

–No, no lo haría. Tienes razón, a veces se trata de algo más que dinero.

–Me alegro de que lo entiendas.

–Pero no sé si me gusta que conserves tu cinco por ciento en una de mis empresas subsidiarias.

–Eres demasiado posesivo, Hawk –lo acusó Andreas.

Sebastian se encogió de hombros.

–Lina estaría de acuerdo contigo.

Andreas se echó hacia atrás en la silla, cruzándose de brazos.

–Pues en esta ocasión tendrás que dejar de serlo. Kayla quiere conservar sus acciones y yo no puedo venderte KJ Software sin asegurarme de que así sea.

La sorpresa de Sebastian no era nada comparada con la de Kayla. Hawk pensaba que solo estaba tirándose un farol, pero ella sabía la verdad. Andreas nunca decía nada que no estuviese dispuesto a respaldar con sus actos, ni en los negocios ni en la vida, pero jamás hubiera esperado que pusiera tal condición para vender KJ Software.

–Algunos de mis mejores empleados en ciertas empresas subsidiarias tienen acciones como parte del paquete de bonificación. Nunca tanto como un cinco por ciento, pero yo sé cómo motivarlos –dijo Sebastian.

–Si quieres el cerebro de Kayla, tendrá que quedarse con su cinco por ciento –insistió Andreas.

Kayla lo fulminó con la mirada. ¿Por qué hablaba por ella?

–Sabes que estoy intentando crear un conglomerado de empresas que merezcan la pena –explicó Sebastian.

–Estás creando una dinastía, ya lo sé.

–Lina eligió a un empresario estadounidense en lugar de casarse con un príncipe y nuestros hijos tendrán un legado digno de tal madre.

Kayla sonrió para sus adentros. Andreas no era el único magnate que tenía algo que demostrar.

–Entonces, ¿estás de acuerdo? –le preguntó–. ¿Podré quedarme con mis acciones?

Sebastian la miró y luego miró a Andreas.

–Quiero hacer una contraoferta: que le vendas la mitad de tu cinco por ciento a Andreas.

–¿Por qué? –preguntó él.

Kayla frunció el ceño. ¿Sería un dos y medio por ciento suficiente para mantener la sensación de seguridad? Podría usar ese dinero para el refugio...

–Puedes considerarlo una de tus primeras inversiones en tu nueva empresa de capital riesgo –respondió Sebastian–. El nuevo director general tendrá acceso a tus contactos en la industria, pero tú seguirás teniendo algo en juego.

Por mucho que a Kayla le gustase la idea, él no lo aceptaría. No era parte de su plan y Andreas Kostas nunca renunciaba a un plan.

–¿Por qué me necesitas? –le preguntó Andreas.

–Porque me gustaría que algún día estuvieras ahí para ser mentor de mis hijos.

–Es un gran honor, pero tú sabes que pensaba dejar KJ Software del todo.

A Kayla se le encogió el corazón ante esa confirmación.

–¿Tan complejo sería mantener una propiedad nominal de la empresa? –insistió Sebastian.

Y Kayla se dio cuenta de algo entonces: Sebastian Hawk quería aquello. Seguramente lo había querido desde que empezó a negociar con Andreas. De hecho, la discusión casi parecía ensayada.

–No es la primera vez que habláis de este asunto –empezó a decir–. Le pediste a Andreas que se quedase como socio nominal, pero él se negó.

–Así es –asintió Andreas–. Le dije que no había ninguna posibilidad.

–Pero las cosas han cambiado, ¿no? –sugirió Sebastian.

–Porque estoy pidiendo algo que tú no quieres dar –dijo Kayla, decepcionada.

Sebastian Hawk prefería tenerla como empleada que como socia. No se sentía ofendida. Ella sabía que su territorio era la sala de informática, no la sala de reuniones; ese era el territorio de Andreas.

–En realidad, Hawk está encantado de que quieras conservar tu cinco por ciento. De no ser así, siempre tendría el temor de que te fueras a otra empresa.

Kayla miró de uno a otro. Las cosas no pintaban bien para ella.

–Andreas no ha cambiado de opinión sobre dejar KJ Software y yo tampoco voy a cambiar de opinión. Si intentas dejarme sin mi cinco por ciento me iré y no firmaré ninguna cláusula de no competencia.

No era exactamente una amenaza porque ella no podía competir con una compañía como Seguridad

Hawk, pero si no mentía sobre cuánto valoraba su experiencia querría conservarla en KJ Software.

Sebastian se quedó pensativo un momento.

–No quiero que te vayas, pero los dos debéis entender que KJ Software funcionaría mejor con la experiencia de Andreas a disposición de su nuevo director general. Sigue siendo una empresa relativamente joven y le queda mucho trabajo por delante.

Kayla estaba de acuerdo, pero Andreas quería vender y usar su experiencia para crear otra empresa.

–He venido a Nueva York para solucionar mi futuro, no para sabotear los planes de mi socio –dijo entonces, levantándose–. No voy a permitir que uses mi cinco por ciento como condición para firmar este acuerdo, Andreas. Es demasiado importante para ti.

–¿Y no es importante para ti? –replicó él, levantándose de la silla–. Siéntate, por favor. Sé que negociar no es la parte del trabajo que te gusta, por eso me necesitas aquí.

Lo necesitaba allí porque él sabía que Sebastian Hawk quería algo que Kayla jamás hubiera prometido en su nombre.

–Creo que ya hemos dicho todo lo que teníamos que decir –dijo, volviéndose hacia Sebastian–. Gracias por acudir a esta reunión. Llámame si mis exigencias te parecen aceptables.

Sebastian se levantó para estrechar su mano.

–Eres una diseñadora de software brillantísima y me gustaría mucho que te quedases en KJ Software.

Pero no tanto como para aceptar el trato sin el incentivo de que Andreas Kostas mantuviese una conexión con la empresa, eso era evidente.

Andreas masculló una palabrota en griego, algo que solía hacer cuando estaba enfadado de verdad, y le pasó un brazo por la cintura de un modo nada apropiado. Claro que tampoco lo era dirigirse a ella con cariñosos apelativos en griego.

–Ayer le hice una proposición a Kayla. Si acepta, firmaremos el contrato.

Ella estuvo a punto de atragantarse. No podía haber dicho eso.

–Lo que le has propuesto debe de ser muy importante para ti –dijo Sebastian, mirándolo con cara de sorpresa.

Andreas esbozó una sonrisa.

–Ni te lo imaginas.

Capítulo 11

KAYLA entró en la suite y se volvió hacia Andreas. Había ido en silencio desde que salieron del restaurante, pero tenía muchas cosas que decir.

Cuando la puerta se cerró tras ellos, se dio media vuelta para aclarar la situación, pero al ver que estaba quitándose la chaqueta y aflojando tranquilamente el nudo de su corbata se le atragantaron las palabras.

–¿Cómo has podido decir eso? –le espetó por fin, a más decibelios de lo normal.

–¿A qué te refieres?

–¡Tú sabes a qué me refiero! Le has dicho a Sebastian Hawk que aceptarías su oferta si yo aceptaba casarme contigo.

Andreas se encogió de hombros.

–Porque es verdad.

–Pero tú no quieres retener ningún porcentaje de KJ Software.

–Como Sebastian ha señalado astutamente, tu respuesta es muy importante para mí.

–¿Lo suficiente como para venderte? –le espetó Kayla.

–Yo no lo veo así –dijo Andreas, dejándose caer sobre el sofá y haciéndole un gesto para que se sentase a su lado–. Aunque a ti no te gusten las negociaciones y nuestros métodos te parezcan agresivos, yo soy un buen negociador.

—Pero yo sé que tú no quieres...

—Yo sabía lo que Sebastian iba a pedir antes de ir a ese restaurante —la interrumpió él—. Me había dejado claro que preferiría que mantuviese una conexión nominal con el negocio desde que empezamos a hablar de la adquisición.

—¿Cuándo empezaron las negociaciones?

Andreas apartó la mirada.

—Hace un par de meses.

—Debería habérmelo imaginado —murmuró Kayla—. ¿Y que acepte casarme contigo es lo bastante importante como para mantener un porcentaje de KJ Software?

—Así es.

—¿Por qué?

Había dejado claro que no estaba enamorado de ella.

—Cuando me dijiste que no querías aventurarte conmigo en una nueva empresa, pensé que tendría que encontrar otra manera de mantenerte en mi vida —respondió Andreas, rozando su cuello con los dedos.

—Viniste a buscarme al saber que estaba en Nueva York, dejaste el trabajo... y tú nunca haces eso. ¿Tan importante soy para ti?

—Claro que sí.

—Pero no me quieres.

—¿Ese es un factor decisivo?

Kayla lo pensó un momento. Andreas pensaba que el amor era una debilidad y, por lo tanto, no se permitiría amarla, pero el sexo era increíble y eran grandes amigos. La entendía como no la entendía nadie más.

Pero lo más importante era que no se podía imaginar la vida sin él. Sería capaz de sobrevivir, por supuesto, pero una vida sin Andreas Kostas no sería una vida feliz.

—¿Kayla?

—No, no es un factor decisivo —respondió ella por fin, tragando saliva.

Los ojos verdes se iluminaron de satisfacción y alegría.

—Me alegro mucho.

—Pero tampoco puedes enamorarte de otra mujer —le advirtió Kayla—. No quiero casarme contigo para que luego me apartes porque has cambiado de opinión sobre el amor.

—Eso no va a pasar —dijo él, riéndose.

—¿Adoptaremos?

—Cuando tú me digas.

—Pero también quieres que tengamos hijos propios.

—El ADN de Melia Kostas merece pasar a la siguiente generación.

Kayla le puso una mano sobre el pecho, disfrutando del calor de su piel bajo la camisa.

—Tú sabes que tu padre lo considerará su nieto.

—Su arrogancia no le permitiría otra cosa.

—¿Dejarás que nuestros hijos se relacionen con tu familia?

—Mientras acepten a todos nuestros hijos por igual, sí. Aunque no sé si ellos querrán saber nada de Barnabas Georgas.

—Pero dejó que te fueras de Grecia cuando cumpliste los dieciocho años. No tenía por qué hacerlo —le recordó Kayla.

—Es un hombre inteligente y pensó que dejándome estudiar en Estados Unidos podría ganarse mi afecto.

—No estoy convencida de que solo fuera eso. Después de todo, rechazaste el apellido Georgas y eso fue como una bofetada. Sin embargo, te pagó los estudios.

–Pero no creas ni por un momento que lo hizo por cariño. Sencillamente, se dio cuenta de que era tan obstinado como él.

Kayla seguía pensando que había algo más, pero hablarle bien de su padre sería absurdo. El amor no era algo que Andreas Kostas viese como una motivación, aunque eso no había impedido que ella se enamorase desesperadamente de él.

O tal vez no tan desesperadamente. No le ofrecía un matrimonio por amor, pero sí un compromiso que no rompería jamás. Y no le preocupaba que se enamorase de otra mujer porque sabía que no buscaría compañía femenina fuera del matrimonio.

Los negocios ocupaban todo su tiempo y Kayla haría lo posible para que su vida hogareña fuese todo lo que Andreas soñaba, todo lo que su madre le había enseñado a valorar.

–Muy bien, me casaré contigo –dijo entonces, pensando en cuánto amaba a aquel hombre–. Y no tienes que llegar a ningún acuerdo con Sebastian Hawk. Me casaría contigo en cualquier caso.

–Como os he explicado a los dos, no pienso aceptar ningún acuerdo si tú no retienes un porcentaje de la empresa.

–Pero podrías salir a bolsa y contratar a un director general que se hiciese cargo de todo...

–Si hiciera eso, los empleados no tendrían las mismas garantías.

–De verdad has intentado pensar en todos –murmuró Kayla.

–Es mi obligación –respondió él, inclinándose hacia delante para buscar sus labios.

–¿Qué haces?

–Celebrando tu respuesta de la mejor forma posible.

Y eso hicieron, durante horas.

A la mañana siguiente, Kayla se despertó al lado del hombre de sus sueños, con la certeza de que era suyo. Daba igual por qué quisiera casarse con ella. Iban a casarse y eso significaba una vida de compromiso para Andreas Kostas.

Miró sus atractivas facciones relajadas por el sueño, las largas pestañas ocultando sus ojos. Por una vez, parecía tan vulnerable como cualquier otro hombre. Aunque Andreas no era como ningún otro hombre.

Había sido el hombre más importante para ella desde el día que se conocieron en la universidad, ocho años antes, y ahora sus vidas iban a unirse. No estaba interesado en casarse con una chica de la alta sociedad, ni siquiera con un tiburón empresarial de la variedad femenina. Andreas quería formar una familia con ella.

Tal vez algunas cosas eran más importantes que el concepto de amor romántico.

Andreas abrió los ojos, alerta de repente.

–Me estabas mirando dormir.

–Eso es lo que tú sueles hacer.

Él esbozó una sonrisa muy sexi.

–Es tan agradable mirarte cuando estás calladita.

–Qué loco estás.

–Te aseguro que estoy tan cuerdo como cualquier otro hombre.

–Otros hombres no pueden compararse contigo.

–Me alegra saberlo.

Kayla se sentó en la cama.

—Me imagino que deberíamos hacer la maleta.

—¿Por qué? —murmuró él, admirando su cuerpo desnudo.

Ella se levantó para ponerse el albornoz y se dirigió a la puerta, alejándose de la tentación.

—Porque estoy segura de que ya le has pedido a Bradley que reserve dos billetes de avión para Pórtland.

—Qué bien me conoces.

—Y supongo que las vacaciones han terminado.

—¿Quién lo dice? —Andreas se apoyó en el cabecero tapizado con una sonrisa en los labios—. Nos iremos pasado mañana.

—¿Qué? ¿Por qué?

—Porque estás de vacaciones.

—Pensé que tú no creías en las vacaciones.

Andreas frunció el ceño.

—Yo nunca he dicho eso.

—No, pero no te has tomado vacaciones en los últimos seis años —le recordó Kayla.

—Estoy a punto de casarme y formar una familia, así que tendré que acostumbrarme a las vacaciones.

Kayla estuvo a punto de reírse porque lo decía como si fuese una tortura.

—Se supone que es bueno explorar cosas nuevas.

—¿No es eso lo que estoy diciendo?

—Muy bien, de acuerdo. Entonces, ¿tenemos dos días más?

—Pensé que podríamos ir a Central Park —Andreas inclinó a un lado la cabeza—. Dicen que es lo mejor de Nueva York.

—Pero tú has venido aquí muchas veces. ¿Nunca has estado en Central Park?

–No tenía razones para ir.

–¿Y ahora las tienes?

–Sé que a ti te gustará.

Kayla no sabía cómo devolverle el favor... aparte de volver a la cama, lanzarse sobre él y besarlo como una loca. El beso, lleno de alegría y gratitud, se volvió apasionado, y tardaron más de lo que habían previsto en salir del hotel.

El paseo en bicitaxi por Central Park fue asombroso y el conductor una fuente de información sobre la ciudad y la historia del famoso parque. A mitad de la visita, su guía les dijo que si querían visitar el castillo Belvedere debían ir andando porque era una zona peatonal.

–¿Te apetece, Andreas?

–Desde luego.

Para llegar al castillo había que atravesar un precioso jardín de estilo inglés y Andreas miró a su alrededor, pensativo.

–¿Vas a querer que venda mi ático para comprar una casa llena de flores?

–Estaría bien tener una casa para que los niños jueguen. Y las flores siempre dan un toque hogareño.

–Tu presencia siempre hace que mi ático parezca más hogareño.

–No tienes que halagarme. Ya he aceptado casarme contigo.

De repente, sin previo aviso, Andreas la tomó entre sus brazos y la besó. Apasionadamente. Nada de un afectuoso besito en la mejilla. Reclamó sus labios delante de los turistas y los visitantes del parque, y Kayla le devolvió el beso.

Después de unos minutos, él se apartó dejando escapar un suspiro.

–Debemos parar, *pethi mu*, o no podremos seguir con la visita.

Ella levantó las manos para atusarle el pelo.

–Vale, pero me lo debes.

–Una deuda que pagaré con mucho gusto –dijo Andreas, tomando su mano–. Cuando mi padre vino a buscarme, no me dio tiempo para hacer la maleta. Se deshizo de casi todo, pensando que no necesitaba nada de mi vida en Estados Unidos.

–Tu padre es un ogro, desde luego. Tal vez no tener familia es mejor que tener esa clase de familia.

Andreas la sorprendió negando con la cabeza.

–No. Yo creo que será un buen abuelo y nuestros futuros hijos se merecen saber de dónde vienen.

–¿Estás seguro?

–Sí, lo estoy, pero no era de eso de lo que quería hablarte. Como te he dicho, se deshizo de casi todas mis cosas... salvo de mi caja de recuerdos.

De modo que no era un monstruo. O no del todo.

Andreas sacó una bolsita de terciopelo del bolsillo de la chaqueta y se la ofreció.

–¿Qué es esto? –le preguntó Kayla mientras la abría para sacar una delicada cadena de plata. Al final de la cadena había un antiguo guardapelo ovalado con una K en filigrana labrada–. Es precioso.

–Era de mi madre. Es la única joya de la que mi padre no se deshizo. Mira en el interior.

Ella abrió el colgante. En el interior había dos fotografías, una de un niño de unos diez años y otra de una mujer.

–Tu madre y tú.

–Ahora el colgante es tuyo –dijo Andreas con expresión indescifrable, casi como si temiese que rechazase el regalo.

Ella tuvo que tragar saliva, emocionada.

—Parece muy antiguo.

—Ha pertenecido a varias generaciones de la familia Kostas. Tradicionalmente se le entregaba al hijo mayor para que se lo diera a su mujer, pero mi abuelo se lo dio a mi madre cuando fue repudiada por la familia.

—¿Como compensación por dejarla sola y abandonada? —exclamó Kayla, incrédula.

—Según mi madre, era un recordatorio de que, aunque no podían relacionarse públicamente con ella, seguían «queriéndola».

Ah, el cinismo que imbuyó en esa palabra.

—Dijiste que tu familia dependía de los Georgas.

Andreas se encogió de hombros.

—Podrían haberse ido a vivir a otro sitio o buscar otro trabajo. Cualquier cosa antes que abandonar a su hija.

—Tú nunca harías eso.

—Desde luego que no. Mis hijos siempre sabrán que son lo más importante para mí, más que el negocio o la aprobación de los demás. Mi madre me lo dio antes de morir. Era un tesoro para ella, como lo eran las cartas que le escribía su madre.

—Es terrible que su familia la tratase de ese modo.

Melia Kostas había sido una persona valiente y asombrosa. Kayla se alegraba de que Andreas hubiera tenido una madre así, al menos hasta los diez años.

Él se inclinó para darle un beso en la frente, como dándole las gracias por sus palabras.

—Estoy de acuerdo. Esto es lo único que me queda de mi madre, pero es una oportunidad de continuar la tradición de los Kostas y hacerla nuestra. Te lo doy a ti y, algún día, tú se lo darás a nuestro hijo o hija mayor.

Pensaba que ella continuaría la tradición y esa expectativa la hacía feliz.

–¿Un hijo engendrado por nosotros?

–Un hijo nuestro o adoptado, da igual. Nuestros hijos sabrán que las tradiciones nos conectan con el pasado, pero que no estamos atados a ellas.

–Vas a ser un padre maravilloso –dijo Kayla, emocionada.

–Yo siempre me esfuerzo por ser el mejor en todo.

Otro hombre podría decirlo en broma, pero sabía que Andreas hablaba en serio.

Kayla experimentó entonces una oleada de amor por aquel hombre. El colgante le hacía albergar esperanzas sobre su matrimonio. Al fin y al cabo, acababa de darle algo que había pertenecido a la única persona a la que había querido en el mundo.

–¿Quieres ponérmelo? –le preguntó.

Los ojos de Andreas se oscurecieron con una emoción desconocida.

–Por supuesto –murmuró mientras lo ponía en su cuello–. Ya está. Perfecto.

El resto de la visita fue un borrón para Kayla, y el peso del colgante un constante recordatorio de que Andreas la valoraba como no valoraba a nadie más. ¿Sería eso amor?

¿Podría existir esa emoción sin usar nunca la palabra?

Capítulo 12

DESPUÉS de otro día de turismo, seguido de una romántica cena y una noche de sexo que duró hasta el amanecer, Kayla se sentó al lado de Andreas en el avión con destino a Pórtland.

Él se mostraba tan solícito como siempre. Sin embargo, Kayla lo veía todo con nuevos ojos. Cuando pidió su bebida favorita al auxiliar de vuelo, cuando le dijo que había reservado una cena especial para los dos, cuando sugirió que jugasen a las cartas en lugar de encender el ordenador, Kayla se sintió querida.

Aunque habría hecho todas esas cosas si no hubieran vuelto a ser amantes, de modo que no debía darle importancia. Seis años antes había creído que la quería. Cuando le dijo que quería hablar con ella pensó que iba a proponerle matrimonio, pero solo quería hablar de su nuevo proyecto, KJ Software. Cuando insistió en que para ser socios debían dejar de acostarse juntos le rompió el corazón.

Sin embargo, no podía dejar de pensar que entre ellos había algo más de lo que él quería admitir.

Durante las siguientes semanas, Kayla trabajaba como siempre en la sala de informática, pero Andreas siempre estaba ahí al final del día para llevarla a casa, invitarla a cenar o al teatro. Después, volvían al ático, donde planeaban una boda sorprendentemente formal. Y también miraban fotografías de casas, que a ella le parecían mansiones, y siempre, siempre, terminaban haciendo el amor antes de quedarse dormidos.

—¿Por qué tanta prisa con la boda? —le había preguntado una mañana, después de una divertida, pero agotadora, noche probando tartas nupciales.

Andreas estaba haciéndose el nudo de la corbata frente al espejo.

—Tú sabes que una vez que tomo una decisión prefiero hacer las cosas cuanto antes.

Kayla se puso los zapatos.

—¿Sabes que la mayoría de la gente planea su boda con un año de antelación?

—Nuestra lista de invitados no es tan larga.

Ella resopló.

—¿En qué universo?

Andreas le había sorprendido aceptando invitar a sus parientes griegos, pero también había insistido en invitar a amigos como Sebastian Hawk y su esposa, y a todos los empleados de KJ Software.

—¿Habrías preferido que nos fugásemos? —le preguntó él, volviéndose para acariciarle la mejilla.

Si estaban en la misma habitación, la tocaba. Si estaba trabajando en su despacho y ella en la sala de informática, le enviaba un mensaje de texto. Seducía su corazón tanto como su cuerpo.

—No —respondió Kayla. Le gustaba la idea de que sus invitados los viesen prometiendo estar juntos para siempre.

—Por eso tenemos que invitar a todo el mundo.

—Sigo sin entender cómo la organizadora de bodas ha encontrado la iglesia, el lugar del banquete, el mejor fotógrafo, el mejor servicio de restauración, todo en tan poco tiempo.

—Solo contrato a los mejores, ya lo sabes.

Kayla sacudió la cabeza.

—Darle solo dos meses ha sido una locura.

Faltaba un mes para la boda y, aunque había sido el mes más feliz de su vida, también había sido una locura de planes.

—Porque estás dispuesto a pagar una fortuna. Es ridículo el dineral que vas a gastarte en la boda.

—Para mí no. El mundo entero sabrá que me tomo muy en serio mi matrimonio.

Su corazón se ablandó al escuchar esas palabras; la confirmación de que, a pesar de seguir manteniendo la actitud de que el amor era una debilidad, sentía por ella un afecto que no sentía por nadie más.

—Pero ¿por qué tenemos que buscar una casa ahora mismo? —insistió, pensando en la docena de mansiones que iban a ver esa tarde—. ¿No te apetece relajarte por una noche?

Andreas la tomó entre sus brazos.

—Quiero que vivas conmigo.

—Bueno, entonces me mudaré aquí oficialmente —sugirió ella—. De todas formas, duermo aquí todas las noches.

—Es una pérdida de tiempo y recursos hacer dos mudanzas.

Kayla había llevado al ático la mayoría de su ropa, pero a veces tenía que bajar a su apartamento para regar las plantas o sacar el correo.

—Entonces, ¿vamos a comprar una casa ahora mismo?

—Solo si encontramos una que nos guste a los dos —Andreas se inclinó hacia delante para darle un casto beso, aunque el roce despertó unos deseos muy poco castos en ella.

—Todas las casas que vamos a ver son preciosas.

—Entonces, no será difícil elegir dónde vamos a formar una familia.

—Sigo sin entender por qué tenemos que hacerlo todo tan rápido.

—Quiero instalarte en mi vida.

Kayla apoyó la frente en su torso, disfrutando durante un segundo de esa conexión.

—Ya estoy en tu vida, Andreas. No sé si te has dado cuenta.

La vulnerabilidad que vio en su rostro la dejó sin aliento.

—Quiero un lazo oficial —dijo él, muy serio.

—Haces imposible que me enfade contigo, Dre.

—Me alegro.

Kayla no se sentía tan generosa un par de días después, mientras iba al despacho de Andreas para una reunión sorpresa porque no tenía buenos recuerdos de la última. Bradley se había mostrado cauteloso cuando llamó para decirle que Andreas quería verla en su despacho a las tres y estaba un poco preocupada. No sabía qué quería su prometido, pero fuera lo que fuera, no estaba preparada para más cambios en su vida.

Bradley la miró con una expresión extraña cuando llegó al antedespacho.

—¿Qué pasa? —le preguntó.

—No puedo decírtelo. Entra, por favor.

Con el corazón en la garganta, convencida de que Andreas había encontrado al director general que se haría cargo de su trabajo, Kayla entró en el despacho. No estaba preparada para que Andreas dejase de trabajar en KJ Software.

Como había ocurrido la última vez, Andreas no estaba solo. Había una mujer rubia de facciones delicadas sentada en el sofá de piel, pero parecía dema-

siado joven para ser una ejecutiva. Vestida con una
moderna blusa y un pantalón capri, debía de tener su
edad, quizá un poco más joven.

Kayla vio algo familiar en los ojos grises que se
habían clavado en ella en cuanto entró en el despacho
y notó que la joven contenía el aliento.

–¿Andreas?

Él se acercó enseguida, poniendo una posesiva
mano en su cintura.

–*Pethi mu*, quiero que conozcas a tu hermana.

A Kayla se le doblaron las rodillas y solo el brazo
de Andreas impidió que se cayera al suelo.

–¿Mi hermana?

Su corazón latía a tal velocidad que temió estar a
punto de perder el conocimiento.

–Así es –respondió él, llevándola hacia el sofá.

La chica, su hermana, clavó en ella unos ojos grises que eran iguales que los suyos.

–Pero... ¿cómo es posible...? No, espera, ¿cómo te
llamas? –le preguntó.

–Ahora me llamo Miranda Smith. Mis amigos me
llaman Randi.

–¿Ahora? ¿Qué significa eso?

–Tenía razones para cambiarse el apellido –terció
Andreas.

–¿Por nuestra madre?

Randi hizo una mueca.

–No, eso no tuvo nada que ver con la loca que nos
trajo al mundo.

–¿Nuestra madre es una enferma mental?

–Eso fue lo que alegó su abogado cuando intentó
ahogarme en la bañera a los seis años, pero yo no creo
que un carácter malvado mezclado con el abuso de las
drogas sea una enfermedad mental.

–¿Intentó matarte? –exclamó Kayla, incrédula.

–Bueno, no sé si abandonar a una niña de tres años en un bar de carretera es mucho mejor.

–Pero alguien me encontró y me entregó a los Servicios Sociales.

–A ella le daba igual, esa es la cuestión. No le importa nadie. Lo siento, sé que es horrible decir eso, pero nuestra madre solo piensa en ella misma y el resto del mundo le da igual, incluso sus hijas. Dicen que el narcisismo es una condición psicológica diagnosticable.

El dolor de Randi era palpable.

–Parece que vivir en casas de acogida no fue tan malo después de todo.

–No deberías haber sido criada por desconocidos. Tenías una familia que esa egoísta te robó. Nuestros abuelos son maravillosos y mi padre te habría aceptado como hija suya... Marla te quitó todo eso cuando te abandonó.

«Marla». Ese era el nombre de su madre.

–También debió de ser terrible para ti.

–Desprecio a nuestra madre, pero mi padre no permitió que destrozase toda mi infancia. Es un buen hombre y, como he dicho, los padres de Marla son maravillosos. Ellos y mis abuelos paternos me dieron el cariño que ella no pudo darme.

–Pero te cambiaste el apellido.

–Necesitaba el anonimato.

Kayla empezó a pensar que la vida de su hermana había sido peor que la suya, a pesar de haber tenido una familia.

–¿Estás diciendo que fuiste feliz a pesar de nuestra madre?

–Sí, pero me habría gustado conocerte antes y compartir nuestra vida –respondió Randi.

–¿Cuántos años tienes?

–Veinticuatro.

Cuatro años menos que ella.

–Naciste un año después de que me abandonase.

–Marla se mudó a casa de mis abuelos. Conoció a mi padre en la iglesia, fingiendo ser la mujer perfecta.

–Y una hija ilegítima no habría encajado con esa imagen.

Saber eso debería dolerle, pero era algo que ya se había imaginado.

–A mis abuelos les habría dado igual, te habrían querido de todos modos. Y a sus padres tampoco les habría importado, son una gente estupenda.

Kayla sacudió la cabeza.

–No sé qué decir.

–Di que me darás una oportunidad de conocerte –le pidió Randi, dejando escapar un suspiro–. Es como si toda mi formación se hubiera ido por la ventana cuando te vi entrar en el despacho, pero eres mi hermana.

–¿Formación?

–Tengo un título en Trabajo Social y a eso me dedico. Trabajo con niños abandonados y maltratados, intentando darles una vida mejor.

–Caray –murmuró Kayla. Aquella chica era su hermana, desde luego–. Has devuelto el mal que te hicieron convirtiéndolo en bondad.

–Lo he intentado –dijo Randi–. Siento haber tenido que contarte esas cosas, pero no quiero que te dejes engañar por nuestra madre.

–¿Estás intentando protegerme?

–Es mi obligación. Somos hermanas.

–¿Crees que nuestra madre intentará encontrarme?

–Si descubre lo bien que te va en la vida, te garan-

tizo que aparecerá en tu puerta con una historia lacri-
mógena para pedirte dinero.

–He hecho que la investigasen –intervino Andreas–. Tu hermana tiene razón, no queremos a esa
mujer en nuestras vidas.

Kayla asintió con la cabeza. Tal vez otra persona
anhelaría conocer a su madre, a pesar de lo que había
hecho, pero no era su caso.

–Me acabas de confirmar lo que yo había sospe-
chado siempre. Pero... ¿cómo has encontrado a Randi?
¿Y por qué la buscaste?

–Contraté a un investigador privado porque sé lo importante que es la familia para ti–respondió Andreas–.
Y, si yo podía darte una, nada iba a impedírmelo.

–¿Y si solo hubieras encontrado a Marla? –le preguntó Randi.

–Nunca hubiera sabido que la había buscado.

Kayla asintió con la cabeza.

–¿Cuánto tiempo vas a quedarte en Pórtland,
Randi?

–Vuelvo a California esta noche. No fue fácil tomarme el día libre y no podía pedir más.

Kayla se tomó el resto de la tarde libre para conocer mejor a su hermana. Pasaron horas juntas, char-
lando mientras paseaban por el parque y cenaban en
un restaurante italiano. Después, dejó a Randi en el
aeropuerto y seguía intentando contener las lágrimas
cuando entró en el ático de Andreas una hora después.

–¿Qué tal ha ido?

–Somos tan parecidas que incluso nos gustan los
mismos platos italianos.

–Parece una buena persona –Andreas tiró de ella
hacia el sofá y le pasó un brazo por la cintura–. Y
descubrir lo de tu madre... ¿cómo llevas eso?

–Prefiero pensar en ella como en una donante de óvulos.

Andreas esbozó una sonrisa.

–Muy bien, tu donante de óvulos entonces.

–Es una pesadilla. Descubrir que no solo me abandonó a mí, sino que intentó matar a Randi, que es una persona manipuladora y cruel... –Kayla sacudió la cabeza–. Me da asco saber que estoy emparentada con ella. ¿Y si esa maldad vive también dentro de mí?

–Tú eres la persona más buena que conozco.

–Pero...

–No te atrevas a decir nada malo de ti misma –la interrumpió él–. Tú no eres solo producto de los genes de esa mujer. También debió haber un donante de esperma.

Kayla se rio.

–Ya, bueno, a saber...

–Ya has oído a tu hermana, tus abuelos son buenas personas. No se parecen nada a su hija y tú tampoco.

Ella apoyó la cabeza en su torso.

–Gracias... por todo.

–De nada.

–No sé cómo demostrarte lo que significa para mí que hayas encontrado a mi hermana.

Y que la hubiese ayudado a lidiar con la realidad de quién era su madre. Andreas la ayudaba a ver que podía dejar atrás el pasado, que no tenía por qué dejar que la definiese como persona. Andreas creía en ella, siempre había sido así, y eso era lo más importante.

Él esbozó una sonrisa traviesa.

–Se me ocurre una manera.

Kayla se rio, entre lágrimas, feliz de poder demostrarle su gratitud. El placer era mutuo y le encantaba lo poderosa que se sentía cuando tenía su sexo en la boca. Aunque Andreas se negaba a dejarse ir porque quería estar dentro de ella y llevarla al orgasmo antes de terminar.

Estaba tumbada entre sus brazos, saciada, con el corazón lleno. Solo había tres palabras que quisiera pronunciar en ese momento. Daba igual lo que él dijera sentir o no sentir, se merecía saber lo que sentía ella.

–Te quiero, Andreas –le confesó–. Totalmente y para siempre. Ha sido así desde el principio.

Él la apretó contra su pecho.

–Gracias.

Parecía feliz. No había otra forma de describir su expresión o el brillo de sus ojos verdes.

–Ese sentimiento será un tesoro para mí –le dijo, inclinando la cabeza para sellar sus palabras con un beso tierno y perfecto.

Evidentemente, seguía sin querer admitir unos sentimientos que él consideraba una debilidad, pero respetaba los suyos y eso era todo lo que necesitaba.

Por el momento.

Randi volvió a Pórtland una semana antes de la boda y Kayla la recibió dando saltos de alegría. Le gustaba tener a alguien ayudándola... y evitando que se tirase por el balcón cuando Andreas quiso hacer un cambio de última hora en el menú del banquete.

–El vestido es más bonito de cerca que en el vídeo –dijo su hermana el día de la ceremonia.

Kayla se miró al espejo en la suite del hotel. El vestido de seda, de color blanco roto con escote palabra de honor, había sido creado por una diseñadora local que había quedado finalista en un concurso de televisión. La falda de capa caía hasta el suelo, con un suave tono coral asomando entre los pliegues.

Había encontrado unos zapatos blancos con tacón de cinco centímetros que tiñó del mismo tono y Andreas había insistido en contratar a un peluquero y un maquillador.

–Me siento como una princesa.

Muy trillado, lo sabía, pero era cierto. Nunca se había sentido tan guapa.

–Todas las novias deberían sentirse así el día de su boda –dijo Miranda, abrazándola con cuidado para no arrugar el vestido–. Espero casarme con un hombre tan detallista como tu prometido.

–Y yo espero que encuentres un hombre al que quieras tanto como yo quiero a Andreas.

No le dijo que su amor no era correspondido porque, aunque no lo dijese con palabras, ningún hombre podría hacer que una mujer se sintiese más querida que ella.

Kayla había elegido unos sencillos pendientes que Andreas le había regalado en Navidad, cuatro años antes. Un regalo muy personal para una socia, pero él hacía sus propias reglas.

Sin embargo, cuando iba a ponérselos, Randi le ofreció una caja con un elegante lazo blanco.

–Andreas me dijo que te diera esto.

–¿Qué es? –preguntó Kayla, sorprendida.

–No lo sé, pero parece una joya.

Su hermana estaba en lo cierto. Dentro de la caja encontró unos pendientes de perlas con un collar y una pulsera a juego, todas las perlas de un suave color coral.

–¿Cómo ha pensado en esto? –exclamó.

Miranda se encogió de hombros.

–Porque te conoce. Estaba claro que tu vestido de novia tendría ese tono que tanto te gusta. Pero, aunque fuese un diseño más tradicional, esas joyas serían un complemento perfecto.

–Andreas puede ser muy detallista.

–Yo diría que pasa mucho tiempo pensando en cómo hacerte feliz.

–Sí, es verdad. Pero es que... en fin, lo suyo no son las palabras de amor.

–¿Qué importa? Ya sabes lo que dicen: «Obras son amores y no buenas razones».

Riéndose, Kayla se puso los pendientes y la pulsera, pero en lugar del collar optó por el colgante que Andreas le había dado en Nueva York. En ese momento, la organizadora de la boda entró para advertirle que la ceremonia empezaría en quince minutos y que tenían que subir al coche.

La boda transcurrió para Kayla en una nube, con las promesas de Andreas envolviéndola en una neblina de felicidad en la que flotó hasta el banquete. La familia griega de Andreas había acudido a la ceremonia, además de todos los empleados de KJ Software y muchos socios y amigos.

Se sentía abrumada por tantas felicitaciones. Por primera vez en su vida tenía una familia. Había conocido a sus abuelos, al padre de Miranda...

Que toda esa gente hubiera visto cómo Andreas y ella se prometían una vida de compromiso y amor hacía que se sintiera bendecida y asustada al mismo tiempo. Expuesta como no se había sentido desde que era una niña.

Andreas, en cambio, parecía estar en su elemento, cordial con todos los invitados, incluso con Barnabas Georgas, a quien aún no le había presentado.

Pero, a pesar de saber que todos les deseaban feli-cidad, ser el centro de atención hacía que Kayla de-seara esconderse y, angustiada, se ocultó tras unos altos maceteros. Necesitaba un momento para respi-rar.

Llevaba allí un par de minutos cuando oyó una parrafada en griego.

–Habla en inglés si esperas que te responda –escu-chó entonces el tono helado de Andreas.

–¿Tenías que casarte con una desdichada? –le es-petó Barnabas.

–Kayla es mi mujer y no necesito que tú la aprue-bes. No tengo que demostrarte nada –replicó Andreas con tono firme.

Los ojos de Kayla se llenaron de lágrimas. Por fin lo había entendido. No tenía que demostrarle nada al clan Georgas, nada en absoluto. No necesitaba ni su respeto ni su apoyo.

–¡No tiene familia! –insistió su padre.

–Sus abuelos y su hermana están aquí. Te los he presentado, ¿no te acuerdas? –replicó Andreas, sar-cástico.

–He hecho que la investigasen. Creció en casas de acogida y no tiene contactos de ningún tipo. Está claro que sus abuelos y su hermana han aparecido al saber que iba a casarse con un hombre rico.

Kayla contuvo el aliento, con el corazón encogido por tal acusación.

Capítulo 13

NO SABES lo que dices –replicó Andreas–. Lo único que te importa es el dinero, los contactos. Eres un miserable.

–¡Andreas! –exclamó Barnabas Georgas.

No era una sorpresa que la defendiese, pero hizo que esa pequeña chispa de esperanza se convirtiese en una llama.

–¿Qué, Barnabas? ¿Crees que puedes cuestionar los motivos de la familia de mi mujer cuando no los conoces de nada? –le espetó Andreas–. ¿Crees que puedes criticar a la mujer con la que he elegido pasar el resto de mi vida y yo voy a tolerarlo? Ella es la importante, no tú, no tu aprobación.

–Podrías haberte casado con una heredera, con una buena chica griega.

Kayla sacudió la cabeza. Barnabas no sabía lo equivocado que estaba.

–¿Como tu mujer? –le preguntó Andreas.

Kayla apartó un poco las plantas para poder ver a los dos hombres, cotilleando sin la menor vergüenza.

–Sí, como Hera.

–La mujer con la que te casaste, pero no la mujer con la que tuviste un hijo –le recordó Andreas.

Barnabas lo fulminó con la mirada.

–Aunque no hubiera estado casado cuando conocí

a Melia, no me habría casado con ella. Tienes que aceptar eso.

–¿Por qué? ¿Porque era una empleada, porque no tenía dinero ni contactos?

–Precisamente. Yo necesitaba una esposa que fuera un activo en mi negocio, no una que me avergonzase.

Andreas emitió un rugido de desprecio.

–Melia Kostas no te habría avergonzado. Mi madre era una mujer íntegra, buena, amable...

–Pero no provenía de una buena familia, como la mujer con la que has decidido casarte solo para hacerme daño.

Kayla se mordió los labios. Aquel hombre era muy obtuso. ¿No se daba cuenta de que Andreas no pensaba de ese modo?

–No te creas tan importante –replicó él–. No he pensado en ti antes de elegir a mi esposa.

–¿Y dónde está ahora? –preguntó Barnabas–. No está mezclándose con los invitados, haciendo contactos como Hera ha hecho para mí durante estos años. No está en su elemento, tú también tienes que haberlo visto.

–¿De qué demonios estás hablando?

–Tu esposa odia ser el centro de atención –respondió Barnabas Georgas con desdén–. No se ha molestado en saludarme, o al resto de tu familia.

–Porque no he encontrado tiempo para presentaros –replicó Andreas, sin el menor remordimiento.

–Será una carga para ti.

–Kayla es la única razón por la que tú has sido invitado a esta boda. Tú y el resto de mis contactos griegos.

–No somos contactos, somos tu familia.

–Por eso Kayla quería limar asperezas –dijo Andreas–. Pero no conocerás a tus nietos si no eres capaz de mostrarle a mi mujer el respeto que se merece.

–¿Está embarazada? –preguntó Barnabas, aparentemente entusiasmado.

–No, no está embarazada –respondió Andreas, con ese brillo en los ojos que Kayla conocía bien–. De hecho, esperamos adoptar un hijo lo antes posible.

–¿Adoptar?

–Sí, adoptar. Y querremos a nuestros hijos sean nuestros o adoptados.

–Yo te acepté a ti, pero tú nunca aceptaste a tu familia griega.

–Mi madre me dio la vida y luchó mucho para que fuese feliz. Mi nacimiento no fue un inconveniente para ella y no necesitaba que fuera un éxito para quererme.

Kayla tuvo que parpadear para controlar las lágrimas al ver que el hombre al que amaba estaba rompiendo con su doloroso pasado, dejando claro que nunca había necesitado a Barnabas.

–No es así como yo lo veo –dijo el hombre.

–Entonces, ¿por qué le ofreciste dinero para que se librase de mí? –le espetó Andreas.

–Yo estaba casado y tú eres lo bastante adulto como para entender que el mundo no es un camino de rosas.

–Soy lo bastante adulto como para entender que algunos hombres son débiles y algunas mujeres son muy fuertes. Adivina en qué categoría entras tú.

Barnabas abrió la boca, sin duda para reprocharle esa crítica, pero Kayla decidió que era el momento de intervenir.

–Creo que ahora me toca hablar a mí –dijo, saliendo de su escondite–. ¿Quiere tener un sitio en la vida de Andreas, señor Georgas?

El magnate griego hizo un visible esfuerzo para recuperar la compostura.

—Sí, claro.

—¿Aunque eso signifique aceptar su matrimonio con una mujer a la que considera por debajo de él?

—Sí —respondió el señor Georgas.

—No estás por debajo de mí, *pethi mu*, eres la mejor —afirmó Andreas, fulminando a su padre con la mirada.

Esbozando una sonrisa, Kayla levantó una mano para acariciar su cara.

—Me hace muy feliz que pienses eso, pero tu padre tiene razón sobre una cosa: lo mío no son las relaciones sociales Esta boda, toda esta gente... es abrumador para mí.

Andreas tomó su mano, mirándola como si fuera la única persona del mundo para él.

—Lo siento, debería haberme dado cuenta. Tú eres lo único que importa. Eres mía y yo cuido de lo que es mío.

—Siempre tan posesivo —dijo Kayla, aunque no pudo evitar una sonrisa—. Y me gusta.

—Sois ridículos —dijo Barnabas Georgas.

Kayla se volvió para mirar al padre de su marido.

—Somos felices. Y si dejase de criticar absurdamente a su hijo tal vez podría mantener una relación con él.

—¿Cómo te atreves a hablarme así?

—Porque puedo. ¿De verdad cree que es buena idea seguir ofendiéndome? Andreas no va a divorciarse de mí para casarse con otra mujer que a usted le parezca más apropiada.

—Te muestras muy segura, pero yo sé que Andreas ya rompió contigo una vez —le espetó el magnate griego.

—Eso fue hace mucho tiempo, antes de saber que me quería.

Andreas apretó su mano con dolorosa intensidad.

—¿Sabes que te quiero?

Kayla sonrió, sintiendo una felicidad que la hacía sentir incandescente.

—Claro que sí.

—¿Nunca te lo ha dicho? —preguntó Barnabas, con tono de triunfo.

—No necesita hacerlo. Andreas quiere retenerme en su vida y es capaz de hacer cualquier cosa para que así sea.

—¿Y crees que eso significa que te quiere?

—Sé que es así —respondió Kayla—. Y usted debe entender que nada va a cambiar si sigue con esa actitud de matón. Ha sido invitado a la boda por mí, porque yo se lo pedí a Andreas. Tiene que olvidar su sentimiento de culpabilidad y dejar que su hijo tome sus propias decisiones. Si no lo hace, la relación entre los dos no llegará a ningún sitio.

—Eres una mujer muy franca.

Kayla se encogió de hombros. Socialmente inepta, franca, perdida en su propio mundo. Podía ser todas esas cosas, pero nada de eso le molestaba a Andreas y él era el único que importaba. ¿Qué más podía necesitar?

Desde luego, no necesitaba la aprobación de aquel hombre, pero Barnabas sí necesitaba la suya si quería conocer a sus futuros nietos.

—Vamos a adoptar, aunque algún día también tendremos hijos propios —le dijo. Más pronto que tarde si no empezaba a tomar la píldora, pero no iba a contarle eso—. Lo que debe decidir es si es capaz de aceptarme a mí y a nuestros hijos, vengan de donde vengan.

–Y, si no lo hago, Andreas romperá del todo su relación conmigo. Eso es lo que estás diciendo.

–Ella es la única razón por la que voy a darte una oportunidad –terció Andreas, inclinándose para besarla en la frente–. Lo que hagas con esa oportunidad es cosa tuya.

–La familia es importante –insistió Barnabas.

–Cuando la familia no es tóxica –replicó él.

Barnabas Georgas asintió con la cabeza.

–Eres mi hijo, aunque te niegas a llevar mi apellido –empezó a decir, dejando escapar un largo suspiro–. Os felicito por vuestro matrimonio, como debería haber hecho desde el principio. Kayla tiene razón, el sentimiento de culpabilidad era la raíz de mis críticas.

Estaba claro que admitir eso le costaba un mundo.

–Aceptamos tu felicitación, pero te advierto que no habrá una segunda oportunidad.

–Te creo –dijo Barnabas–. Tienes carácter, hijo. Y has llegado a lo más alto.

–Sin el apellido ni el dinero de los Georgas –le recordó él.

Kayla le dio un codazo, pero Andreas no pareció notarlo.

–Sé que no lo crees, pero siempre he querido a Hera. Mi aventura con tu madre fue un error y pagué con ella mi sentimiento de culpabilidad. Hera no podía tener hijos y aceptarte me parecía peor traición que mi aventura con Melia. Hera tuvo tres abortos... estaba sumida en la tristeza cuando busqué consuelo en Melia.

–Mi madre era una buena mujer.

–Sí, lo era. Mejor persona que yo. ¿Sabes que nunca me pidió que dejase a Hera? Ni siquiera cuando supo que estaba embarazada, porque no quería romper mi matrimonio. Creo que me quería, aunque sabía que yo no podía amarla.

—Me imagino que ahora lamenta haberle pedido que se librase de su hijo, ¿no? –le preguntó Kayla.

—Así es –admitió Barnabas con los ojos brillantes–. Si pudiese volver atrás en el tiempo, haría las cosas de otra manera.

—Porque quieres un heredero –dijo Andreas.

—Porque eres mi hijo y te quiero –replicó su padre–. A pesar de las circunstancias, Melia fue una mujer muy especial para mí.

—Entonces, ¿por qué intentaste borrarla de mi vida? –le preguntó Andreas.

—Por mi sentimiento de culpabilidad. Pensé que, si tú podías olvidar a tu madre, tal vez yo podría olvidar lo que le había hecho. A ella y a Hera. Tu mujer es muy inteligente y tiene razón, debo dejar de criticarte si quiero ganarme tu respeto.

—Nunca seré un Georgas.

—Tal vez no lo seas oficialmente, pero siempre serás un Georgas para mí.

Barnabas le dio una palmadita en el hombro antes de dar media vuelta.

Andreas se volvió hacia Kayla con expresión sorprendida.

—No esperaba eso.

—Yo sí. Es una cuestión de prioridades y tu padre ha decidido olvidar el orgullo para mantenerte en su vida.

—No tengo nada que demostrarle, ni a él ni a nadie. Yo soy quien soy.

—Desde luego –asintió Kayla, con lágrimas en los ojos–. Y eres un hombre maravilloso al que quiero con toda mi alma.

–Mi dulce *Kaylamor*. ¿Te he dicho lo guapa que estás?

–Unas cinco veces, incluyendo una frente al altar –respondió ella.

–Mi padre no sabe lo que vales.

–¿Pero tú sí?

–Tú sabes que es así.

Ella asintió con la cabeza. Tantas cosas tenían sentido en ese momento.

–La razón por la que no entendías que KJ Software era mi hogar es porque yo he sido tu hogar durante seis años.

–Mientras estuvieras en mi vida, todo estaba bien –asintió él, inclinándose para besarla con unos labios exigentes y tiernos al mismo tiempo–. Pensé que tú sentías lo mismo.

–Así era, pero entonces rompiste conmigo.

–Pensé que era la única manera de mantenerte en mi vida –dijo Andreas.

–Tenías miedo de lo que sentías por mí, pero no querías dejarme ir.

–Tenía un plan y el matrimonio no era parte de ese plan hace seis años.

–Tampoco lo era enamorarte.

–Tampoco lo era enamorarme, es verdad.

–Pero así ha sido –dijo Kayla, esperando que él estuviese de acuerdo. Creía saberlo, pero tenía que decirlo en voz alta.

Andreas la envolvió en sus brazos, con los ojos oscurecidos de emoción.

–Así es. Te quería hace seis años.

–Pero pensabas que el amor era una debilidad.

–Cuando te fuiste a Nueva York descubrí que la posibilidad de perderte me volvía loco, pero no lo dije porque soy un cabezota.

—Un cabezota enamorado.

—Muy enamorado.

—Tu padre no es el único que hoy se muestra sincero.

—Tal vez que él se haya desprendido de su orgullo ha hecho que me diese cuenta de que es el momento de hacer lo mismo.

—¿Solo el orgullo te impedía admitir que me querías?

—Tenía miedo, Kayla. Solo he querido de verdad a una persona... y la perdí.

—A mí no vas a perderme. Acabamos de prometer amarnos para siempre. Nuestras almas están unidas y ni siquiera la muerte podría separarnos.

—Algunos podrían decir que eso es una sensiblería —bromeó Andreas.

—¿Pero tú no lo piensas? —le preguntó Kayla, poniendo una mano sobre su corazón.

—No, yo no —respondió Andreas, inclinando la cabeza para darle otro de esos besos asombrosos—. Te quiero, Kayla. Mi mujer, mi amiga, mi compañera.

—Yo también te quiero. Con todo mi corazón.

—Para siempre no será tiempo suficiente —le prometió él.

Y Kayla estaba de acuerdo.

**En la vida perfectamente organizada de
Rafael, no había lugar para el romance**

UN HOMBRE ARROGANTE

Kim Lawrence

El primer encuentro de Libby Marchant con el hombre que se
convertiría en su jefe acabó con un accidente de coche.
La imprevisible y atractiva Libby desquiciaba a Rafael.
Afortunadamente, era su empleada y podría mantenerla a dis-
tancia. Al menos, ese era el plan. Pero, muy pronto, su regla
personal de no mezclar el trabajo con el placer iba a resultar
seriamente alterada. Y lo mismo su primera intención de limitar
su relación a un plano puramente sexual...

Acepte 2 de nuestras mejores novelas de amor GRATIS

¡Y reciba un regalo sorpresa!

Oferta especial de tiempo limitado

Rellene el cupón y envíelo a
Harlequin Reader Service®
3010 Walden Ave.
P.O. Box 1867
Buffalo, N.Y. 14240-1867

¡Si! Por favor, envíenme 2 novelas de amor de Harlequin (1 Bianca® y 1 Deseo®) gratis, más el regalo sorpresa. Luego remítanme 4 novelas nuevas todos los meses, las cuales recibiré mucho antes de que aparezcan en librerías, y factúrenme al bajo precio de $3,24 cada una, más $0,25 por envío e impuesto de ventas, si corresponde*. Este es el precio total, y es un ahorro de casi el 20% sobre el precio de portada. !Una oferta excelente! Entiendo que el hecho de aceptar estos libros y el regalo no me obliga en forma alguna a la compra de libros adicionales. Y también que puedo devolver cualquier envío y cancelar en cualquier momento. Aún si decido no comprar ningún otro libro de Harlequin, los 2 libros gratis y el regalo sorpresa son míos para siempre.

416 LBN DU7N

Nombre y apellido	(Por favor, letra de molde)	
Dirección	Apartamento No.	
Ciudad	Estado	Zona postal

Esta oferta se limita a un pedido por hogar y no está disponible para los subscriptores actuales de Deseo® y Bianca®.
*Los términos y precios quedan sujetos a cambios sin aviso previo.
Impuestos de ventas aplican en N.Y.

DESEO

*Fuera lo que fuera lo que había sucedido
la noche del apagón les cambió la vida*

Una noche olvidada

CHARLENE SANDS

Emma Bloom, durante un apagón, llamó a su amigo Dylan McKay para que la socorriera. El rompecorazones de Hollywood acudió a rescatarla y a dejarla sana y salva en su casa. Emma estaba bebida y tenía recuerdos borrosos de aquella noche; y Dylan había perdido la memoria tras un accidente en el rodaje de una película.

Sin embargo, una verdad salió pronto a la superficie. Emma estaba embarazada de un hombre acostumbrado a quitarse de encima a las mujeres que querían enredarlo. Pero Dylan le pidió que se casara con él. Hasta que, un día, recuperó la memoria...

Bianca

**Simplemente la había contratado
para que fuera su esposa…
hasta que ella le hizo desear algo más**

LA MUJER TEMPORAL DEL JEQUE

Rachael Thomas

Rachael Thomas
LA MUJER TEMPORAL DEL JEQUE

Tiffany era la candidata perfecta para ser la esposa temporal de Jafar Al-Shehri. A cambio de subir con él al altar, el jeque pagaría todas las deudas de su hermana. Pero aquel conveniente acuerdo que le aseguraba la corona de su reino pronto llevaría a una pasión desenfrenada. El trono de Jafar seguía en peligro… ¿Sería suficiente el deseo que sentían el uno por el otro para que Tiffany se convirtiera en algo más que la esposa contratada del jeque?